KB033571

사마아

사마아

초판 1쇄 펴낸날 2022년 1월 25일
초판 5쇄 펴낸날 2023년 8월 20일

지은이 마리 파블렌코
옮긴이 곽성혜
펴낸이 이건복
펴낸곳 도서출판 동녘

책임편집 구형민
편집 김다정 이지원 김혜윤 홍주은
미술 김태호
마케팅 임세현
관리 서숙희 이주원

등록 제311-1980-01호 1980년 3월 25일
주소 (10881) 경기도 파주시 회동길 77-26
전화 영업 031-955-3000 편집 031-955-3005 **전송** 031-955-3009
홈페이지 www.dongnyok.com **전자우편** editor@dongnyok.com
페이스북·인스타그램 @dongnyokpub
인쇄·제본 새한문화사 **라미네이팅** 북웨어 **종이** 한서지업사

ISBN 978-89-7297-022-4 (03860)

• 잘못 만들어진 책은 바꿔드립니다.
• 책값은 뒤표지에 쓰여 있습니다.

마리 파블렌코 지음
곽성혜 옮김

동녘

일러두기

* 본문의 주는 옮긴이주이고, 굵은 고딕체는 저자가 강조한 부분입니다.

"사하라에도 한때 호수들이 있었다.
그러니 언젠가 다시 생길지도 모른다."

테오도르 모노, 《낙타 여행*Méharées*》

마티아스와 오렐리앵에게

여자는 나무 망루 위에 올라앉아 무한한 모래 평원을 유심히 살핀다. 저 멀리 솟은 사구•들이 열기에 겨워 사르르 떨리고, 그녀는 더 잘 보려고 눈살을 찌푸린다.

나뭇가지 하나가 그녀 뒤에서 춤을 춘다. 어린잎들이 살랑거리고 가지는 바람결에 몸을 낮췄다가 다시 솟아오른다. 오르락내리락 가지가 목을 스치자 여자는 손바닥으로 밀어 내고 다시 사막에 집중한다.

하늘과 땅이 뒤엉킨다.

돌연, 저 멀리 모래 기둥이 일어선다. 아직은 작고 희미할 뿐이지만 여자는 바로 알아본다.

누가 다가오는지 확실해지자마자 그녀는 망루 아래 웅크리고 있는 소년을 향해 외친다.

• 사막에서 바람에 운반, 퇴적되어 만들어진 모래 언덕.

"저기 마지막 손님들이 오고 있어."

"그럼 나 이제 큰책[•] 읽는 거야?"

"맞아. 사람들이 도착해서 몸을 씻고 나면 바로 기념식이 시작될 거야. 너는 큰책을 읽을 수 있을 거고. 어서 위원회에 알려!"

소년은 활짝 웃으면서 칡넝쿨과 나무뿌리를 타넘고 덤불을 요리조리 피해 가며 쏜살같이 달려 나간다.

여자는 빽빽하게 늘어선 나무들 사이를 지나 망루 뒤편 숲속으로 완전히 사라지는 소년을 지켜본다. 작은 두 발이 타닥타닥 낙엽 융단을 지르밟는 소리가 들리다가 이내 조용해진다.

그녀는 몸을 일으킨 다음 한 손으로 머리카락을 쓸어 더 야무지게 묶는다. 그리고 튜닉[••]을 툭툭 털고서 카라반이 다가오는 모습을 살펴본다.

내색은 하지 않지만 그녀 역시 큰책 낭독이 어서 시작되기를 설레는 마음으로 기다린다.

• 원서에서는 이 특별한 책을 일반 책들과 구분하여 대문자 'le Libre'로 표기한다. 다만 한글에는 대소문자가 없으므로 '큰책'으로 번역한다.

•• 유럽에서 고대부터 내려오는 기본 웃옷으로, 무릎 정도까지 헐렁하게 통으로 내려온다.

아득하게 펼쳐진 사막 위로 세 가지 빛깔이 뒤얽혀 있다. 이글거리는 모래의 황톳빛 물결, 시퍼런 하늘 그리고 무한 속에 버려진 채 사구의 움푹 파인 그늘 아래 서 있는 까만 세모꼴 하나.

그 세모꼴이 바로 랑시엔의 천막이다.

우리가 지금 가고 있는 곳.

포타주 냄새가 콧속으로 올라온다. 엄마들은 야영지를 출발하는 우리에게 포타주가 식기 전에 서둘러 가라고 일렀다.

나는 트위다의 손을 꼭 잡는다. 그녀의 구불구불한 긴 머리칼이 내 팔을 간질인다.

"준비됐어?"

그녀가 막대기를 휘두른다. 대도시에서 사 온 단단하고 긴 원통 모양 막대기다. 나는 몸을 돌려 마지막으로 한 번 더 야영지를 건너다본다. 엄마가 우리 천막 앞에 서 있다. 성화를 부리듯 어서 가라고 손짓한다. 트위다의 엄마도 고개를 끄덕인다. 엄마들이 우리를 지켜보고 있으니 마음이 놓인다.

"가자!"

나는 무섭지만 무서워한다는 걸 들키고 싶지 않다. 한 발 또 한 발, 흐물흐물한 샌들 밑창이 무른 모래 속으로 쑥쑥 빠진다. 나는 아무렇지도 않다는 듯 능청을 부리며 느릿느릿 걷는다. 하지만 축축한 손바닥이 트위다의 손에서 자꾸 미끄러지며 내 속마음을 일러바친다.

트위다는 나보다 겨우 두 살 많지만 벌써 우리 엄마보다 키가 크다. 게다가 엄연한 여자의 몸이 다 됐다. 나는 열두 살인데도 여전히 어린애 같다. 어쨌거나 나는 아직 머리카락을 기를 수 없다. 우리 부족에서는 부녀회에서 받아 줘야만 머리를 더 이상 자르지 않을 수 있다. 그러려면 나는 아직 멀었다.

까만 세모꼴이 점점 커진다.

트위다가 내게 싱긋 웃어 보인다.

"이 근처엔 아무것도 없어. 오늘은 잡아먹히지 않겠다."

나는 일그러진 괴물 같은 형상을 하늘 위로 드러내고 있는 기암괴석들을 찬찬히 살핀다. 야수는 위장하는 데 선수다. 이 기괴한 바위들의 움푹 파인 곳이나 뒤쪽에 감쪽같이 숨어 있다. 나는 야영지를 벗어나 본 적이 없어서 야수와 마주친 적이 한 번도 없다. 하지만 밤에는 가끔 놈들이 우리 천막 근처까지 다가와 슬금슬금 기면서 울부짖는 소리를 듣는다.

사냥꾼들은 야수를 잘 안다. 가끔 그 가죽을 가져오기도 하는데, 모래 색깔에 검은 구멍이 휑하게 뚫려 있다. 끊어 내고 찢어발기는 송곳니들의 거대한 턱이 있던 자리다.

트위다가 손에 든 막대기 하나가 우리를 지켜 주는 유일한 무기다.

"아직 안심하기엔 일러." 내가 투덜거린다. "야수들이 얼마나 사악한데."

그러고는 잠시 머뭇거리다가 결국 하고 싶은 말을 입 밖에 낸다.

"만약에…… 만약에 말이야, 랑시엔이 죽어 있으면 어떡하지?"

"시신은 절대로 남아 있을 수 없다는 거 너도 잘 알잖아. 노인들이 야영지에서 멀리 떨어져 지내는 이유도 그 때문이고. 야수들이 배회하다가 냄새를 맡고 결국에는 다 물어 가 버리니까."

트위다는 단호하다. 하지만 나는 자꾸 의심이 드는 것을 어쩔 수가 없다. 랑시엔이 은거를 한 지 두 달이 지났다. 최장 기록. 보통은 며칠만 지나면 천막이 비는데.

이건 우리 관습이다. 노인이 나이가 너무 들어서 부족에게 도움을 주지 못하고 오히려 짐이 되면 스스로 부족 회의를 소집해 은거 천막인 뭐르파를 요청한다. 그러면 대개는 어른들이 요청을 받아들인다. 이튿날, 노인은 자기가 소유한 모든 것을 사람들에게 나눠 주고 날이 저물어 해가 지평선에 떨어질 때, 붉은 하늘과 사막이 이글이글 타오를 때 은거 서약을 발표한다. 그리고 긴 행렬이 뭐르파까지 노인과 동행한다. 그다음에는 한 사람씩 돌아가면서 노인에게 먹을거리를 가져다준다. 야수가 물어 갈 때까지. 그러고 나면 천막은 다음 임자를 기다린다.

갑자기 뜨거운 돌풍이 불어닥치고, 우리 튜닉이 펄럭인다.

"랑시엔이 야수들을 겁주는 게 틀림없어." 내가 속삭인다.

트위다는 눈살을 찌푸리고 나를 빤히 보더니, 웃음을 삼키며 말한다.

"사마아, 거의 모든 사람이, 어쩌면 모든 사람이 너를 이상한 애라고 생각해. 사냥을 가겠다느니 이상한 책을 읽는다느니, 제정신이 아닌 얘기만 하니까. 그래도 난 항상 네 편을 들어 줬어. 너를 좋아하니까. 하지만 네가 자꾸 이런 식으로 나오면 나도 결국에는 네가 미쳤다고 생각할 수밖에 없어. 랑시엔은 아무도 겁주지 않아. 특히 야수들은. 그냥 나무 얘기를 계속 늘어놓을 뿐이야. 그게 다라고. 물론 좀 강팍하기는 하지만, 그럴 수는 있잖아."

돌풍이 모래 기둥을 일으켜 내 눈을 찌른다.

가방 안에서 포타주가 출렁거린다.

랑시엔은 태어난 지 너무 오래돼서 그녀가 언제 태어났는지 아는 사람이 아무도 없다. 마치 처음부터 할머니였던 것처럼. 그녀는 여러 세대를 거쳐 여자들의 출산을 도왔고 산모들을 정성껏 구완하면서 아기들의 목숨을 살렸다. 나를 세상에 무사히 나오게 해 준 사람도 그녀였다. 우리 엄마는 내가 배 속에 거꾸로 들어 있어서 하마터면 잘못될 뻔했는데 랑시엔이 방향을 바로잡아 주었다고 천 번도 넘게 말했다. 그녀가 쉴 새 없이 같은 이야기를 하고 또 하는데도 여자들은 그녀를 존중한다. 그녀가 은거에 들고 싶다고 선언했을 때는 많은 여자들이 눈물을 흘렸다. 그렇지만 남자들은 아니다. 남자들은 랑시엔을 멸시한다. 당연하다. 사냥꾼들이 나무를 더 많이 구해 올수록 랑시엔은 더 크게 화를 내니까. 그녀는 나무를 베면 안 된다고, 신성하게 모셔야 한다고 우긴다. 나무만이 이 메마른 땅에 다시 번영을 가져다줄 수 있다나 뭐라나.

말도 안 되는 소리.

우리를 먹여 살리는 게 바로 나무 사냥이다. 남자들이 대도시에 목재를, 그러니까 잘린 나무를 실어다 팔면 물이며 기계로 만든 식량, 통조림, 약품, 산소통 그리고 천이랑 실도 가지고 돌아온다. 그것으로 다 같이 여러 달을 버틴다.

반면에 사냥꾼들이 실패해서 나무를 하나도 베어 오지 못하면 우리는 비쩍 마른다. 늑골이 툭 불거지고 어깨는 뾰족해진다. 숨 쉬기가 힘들어지고 혀가 목구멍에서 부어올라 숨통을 틀어막는 듯하다. 그러다가, 우리는 죽는다.

나는 세 번의 기근을 겪었다.

모두 우리 사냥꾼들이 다른 부족에게 선수를 빼앗겨서 생긴 일이었다. 사냥꾼들은 긴 원정 기간 동안 식량과 물자가 필요하다. 비축량이 다 떨어지면 일단 돌아왔다가 재정비해서 다시 떠나야 한다. 내가 태어난 뒤로 딱 세 번, 사냥꾼들이 빈손으로 돌아왔다. 흥정꾼들은 대도시로 떠나지 못했다. 더는 물이 없었다. 먹을 게 없었다. 물론 산소도 없었다. 내가 살아남은 것은 엄마가 자기 몫의 식량과 산소통을 자기 짚깔개 아래 숨겨 뒀다가 내게 준 덕분이었다. 아빠는 곧바로 다른 사냥꾼들과 다시 떠났다. 그 시절 엄마 눈이 기억난다. 굶주릴 때면 엄마는 눈빛이 변하는데, 눈이 부리부리 커지고 섬뜩해진다.

처음 두 번의 기근 때 나는 너무 어렸기 때문에 누가 죽었는지 모른다. 내가 기억하는 건 엄마의 움푹 파인 두 뺨, 입 안에 들러붙어 있던 내 혀의 느낌이 전부다. 세 번째 기근 때는 다 기억난다. 아기 두 명, 어린아이 한 명, 여자 일곱 명, 남자 두 명이 '죽은 자들의 사구'에 깔린 멍석 위에 눕혀졌다. 시신들은 입술이 보라색이었고 살에 핏기가 없었다. 사막 공기에 질식했던 것이다. 아니면 너무 오래 굶주렸기 때문인지도 모른다. 또는 둘 다거나.

우리는 시신들을 야영지에서 멀리 떨어진 곳까지 옮겼다. 한 구씩 한 구씩. 나도 도왔다. 나는 남자아이를 끌었는데, 무거웠다. 아이의 두 다리가 모래 위에 가늘고 긴 자국을 평행하게 그렸다. 비슷한 자국이 죽은 자들의 사구까지 이어지고 또 이어졌다. 그런 다음 우리는 시신들을 멍석 위에 누이고 야수들에게 그들의 몸은 데려가되 기억은 가져가지 말아 달라고, 기억이 우리 곁에 머물 수 있게, 눈에 보이지 않아도 우리 안에 깊이깊이 스밀 수 있게 여기 남겨 달라고 간청했다. 우리는 사흘 밤 동안 둥글게 앉아 노래를 불렀다. 그러나 밤샘 의식 한가운데에 모닥불은 없었다. 불길을 살려 주는 분홍 돌마저 모두 동이 났기 때문이었다. 우리는 별빛 아래 노래를 흥얼거렸고, 우리의 희미한 목소리는 이내 어둠 속으로 사그라들었다. 엄마는 울었지만 눈물은 한 방울도 뺨을 타고 흘러내리지 못했다. 나는 거기서 모래 바닥에 누운 채 노래를 흥얼거리다 잠이 들었다.

사냥꾼들이 다시 돌아오면서 희망을 가져왔지만, 먹고 마실 수 있으려면 흥정꾼들이 대도시에 다녀올 때까지 더 기다려야 했다. 죽은 자들의 사구에 다른 시신이 더 늘어났다.

사냥꾼들이 성공하면, 우리는 살아남는다.

나는 조그만 돌부리에 걸려 휘청거리고는 작게 비명을 내지른다. 트위다가 눈을 부릅뜬다.

"쉿!"

나는 다시 중심을 잡고 걸음을 서두른다. 트위다 말이 맞다. 나도 간밤에 야수 한 마리가 울부짖는 소리를 들었다. 길고 날카로운 고음에 언뜻 웃음소리 같은 울음이었다.

놈이 랑시엔을 물어 갔을까?

이제, 천막이 우리 앞에 있다. 숨 막히는 더위 속에서도 소름이 돋는다.

우리는 입구 앞에 멈춰 서고, 나는 숨을 가다듬는다. 트위다는 내 손을 놓고 나를 흘깃 본 다음, 어깨를 펴고 천막 안으로 들어선다.

나는 마지못해 그녀 뒤를 따르고, 손으로는 가방 손잡이를 꼭 움켜쥔다.

어슴푸레한 빛에 적응하기까지 잠시 시간이 걸린다. 천막의 두툼한 천이 열기를 막아 주는 덕분에 안이 바깥보다 시원하다.

흐릿한 형체들이 드디어 윤곽을 드러내자, 나는 비좁은 공간을 살펴본다. 가운데에는 화덕과 밤이 내려 앉으면 불을 지피는 분홍 돌이 있고, 산소통 두 개와 샌들 한 켤레가 멍석 위에 놓여 있다.

그리고 랑시엔도.

여전히 여기에.

그녀는 맨 안쪽 짚깔개에 앉아 주사위를 던지고 있다.

두 달이라니! 도대체 이게 말이 돼?

마녀인 게 분명해…….

트위다가 나를 랑시엔 쪽으로 떠민다. 나는 가방에서 포타주를 꺼내 뚜껑을 연 다음 그녀에게 다가가 내민다. 그녀는 눈을 들지 않고 말없이 계속 주사위를 던진다. 나는 몸을 좌우로 흔든다.

드디어 그녀가 우리를 쳐다봐 주었을 때, 나는 누렇고 쭈글쭈글한 피부와 대조를 이루는 차갑고 새파란 눈빛에 멈칫한다. 나는 몸을 떨고, 땀 몇 방울이 모래를 덮고 있는 멍석 위로 무딘 소리를 내며 떨어진다.

랑시엔이 미소를 짓고 뼈마디가 앙상한 긴 손가락으로 그릇을 받는다. 그러고는 짚깔개를 톡톡 두드린다.

나더러 옆에 앉으라는 뜻이다.

이러니까 나는 그녀에게 포타주고 뭐고 가져다주기 싫었다. 그래서 이 심부름을 안 하려고 여태 교묘하게 피해 다녔지만, 도저히 더는 버틸 수 없었다. 다른 아이들은 벌써 한 차례씩 모두 다녀갔다.

트위다는 랑시엔을 마주 보고 멍석 위에 앉는다. 나는 짚깔개까지 발을 질질 끌며 다가간다.

그리고 기다린다.

랑시엔은 후루룩거리면서 포타주를 마신다. 더러운 노인네. 내 쪽으로 몸을 돌릴 때 국물이 그녀의 턱으로 뚝뚝 흐른다.

“맛있구나. 엄마에게 고맙다고 말씀드려라, 사마아.”

그녀가 내 이름을 기억한다. 그녀는 부족 사람들 이름을 전부 알고 있다.

그녀는 다시 미소를 짓고 나는 그녀의 입 속에 보이는 검은 구멍들에 시선이 쏠린다. 이가 몇 개나 남아 있을까? 묻고 싶지만 참는다.

“넌 아주 멋진 여자가 되어 가는구나, 트위다. 사막이 허락한다면, 머지않아 남편이랑 예쁜 아이들을 얻겠어.”

이게 무슨 잠꼬대 같은 칭찬이람. 트위다는 눈을 내리깔고 몸을 비튼다.

“사냥꾼을 고르지 않도록 조심해라. 그치들은 다 바보니까.” 랑시엔이 덧붙인다.

트위다의 낯빛이 살짝 어두워진다. 여기에 온 지 10분밖에 되지 않았는데 랑시엔은 또 그 나무 타령을 늘어놓는다. 어떻게 아직도 고집을 부릴 수 있는 걸까?

“어휴, 예쁜 아가들아, 너희가 옛날 세상을 알았더라면…….”

나는 트위다를 쳐다보지만 이 배신자는 내 눈길을 피한다. 맨날 혼자만 착하지. 나는 들으라는 듯이 한숨을 폭 내쉰다. 랑시엔이 잔소리를 이어 간다.

“나무들은 원래 사막 깊은 구렁 속에 숨어 살지 않았단다. 그저 목재 취급이나 당하지도 않았지. 지금이야 대도시 멍청이들이 환장하는 희귀 상품으로 전락했지만. 마치 나무가 집

안이나 장식하고 정신 나간 부자 놈들 뒤변덕스러운 취향이나 맞춰 주라고 있는 것처럼 말이야! 옛날에는 나무가 없는 곳이 없었어. 장엄하고 위풍당당하게 숲을 이뤘지. 너희, 숲이 뭔지 아니? 당연히 모르지. 너희가 어떻게 알겠니? 그렇게 오래전에 사라졌는데. 숲은 말이다, 수백 수천 그루의 나무가 모여 사는 곳이란다. 이 나무들은 몸통도 아주 굵어. 껍질로 말할 것 같으면 독이 되기도 하고 아픈 사람을 치료해 주는 약이 되기도 하지. 잎사귀와 열매는 우리가 먹을 수 있고 말이야. 숲은 그늘이 지고 시원해서 동물들도 살았어. 온갖 생물이 어디에나 살았지. 그뿐이 아니야. 물이 폭포에서 콸콸 쏟아져서 골짜기 아래에 모여 호수가 됐단다."

어쩌고저쩌고.

나는 듣지 않는다. 랑시엔은 절대 내 생각을 바꾸지 못한다.

"랑시엔, 호수가 뭔가요?"

그럼 그렇지! 착하고 예쁜 트위다가 수줍은 척 고개를 숙이고 웃는 꼴 좀 봐……. 얘는 정말 나를 열 받게 한다니까!

"호수는 물이 아주 넓고 깊게 고여 있던 곳이란다. 하도 잔잔해서 하늘이 그대로 비쳤어. 사냥꾼들도 구렁에 내려갈 때 가끔 비슷한 걸 발견하는데, 그건 작은 연못이야. 호수는 말이지, 어떤 것은 어마어마하게 커서 끝이 보이지도 않는단다."

랑시엔이 뜨끈한 포타주를 다시 후후 불어 마시고는 소리나게 삼킨다. 역겨운 노인네 같으니. 그녀의 쭈글쭈글한 목이 꿀렁거린다. 당장 여기서 나가고 싶다. 하지만 주름진 목에 기겁해서 도망쳤다는 걸 엄마가 알게 되면 나를 날마다 여기에 보낼 것이다. 차라리 죽고 말지.

"그리고 나무가 어떻게 아픈 사람을 낫게 하나요, 랑시엔?"

트위다는 속이 너무 빤하다. 저렇게 아양을 떨다니.

"껍질이나 잎사귀를 잘근잘근 씹어서 반죽을 만든 다음에 상처 난 데 붙이면 낫는단다. 그런데 덤불에서 산딸기를 따 먹으면 기운을 얻을 수도 있고, 아니면 목숨을 잃을 수도 있어. 나무는 천 개의 얼굴을 가졌거든. 휴, 이제는 그 표정들을 읽을 수가 없구나."

나는 땅 위에 서 있는 나무를 한 번도 본 적이 없다. 물론 잘린 나무는 봤지만. 그래도 덤불은 안다. 모래에 막대기들이 비죽비죽 꽂혀 있는데, 거기에서 앙상한 팔들이 뻗어 나와 있고, 그 팔들에는 가시와 자라다 만 손가락들이 달려 있다. 내가 덤불을 처음 본 건 대이주를 하면서 부족 전체가 사냥꾼들을 따라 야영지를 옮길 때였다. 엄마 말에 따르면 내가 태어난 뒤로 우리 부족은 야영지를 네 번 옮겼다고 한다. 내가 생생하게 기억하는 건 마지막에서 두 번째 대이주다. 덤불을 처음 본 게 바로 그때였다.

그때만 해도 나는 너무 순진했다. 삶이 영원한 줄 알았으니까. 아빠 어깨에 올라앉은 나는 멀리까지, 난생처음 아주 멀리까지 내다보았다. 태양은 두건에 미처 감싸지지 않은 내 얼굴

부위를 따갑게 쪼아 댔고, 나는 문득 궁금했다. 사냥꾼들은 어디로 가야 할지, 어디서 멈춰야 할지 어떻게 아는 걸까? 그때 이미 나는 나중에 커서 사냥꾼이 되겠다고, 사람들의 환호 속에 나무를 실어 와 부족을 먹여 살리겠다고 굳게 결심한 상태였다. 사냥이 남자들만의 일인 줄은 꿈에도 몰랐다.

아빠가 조그만 진초록 알갱이가 다닥다닥 붙은 덤불 앞으로 다가갔다. 내가 내려 달라고 했지만 아빠는 안 된다고 했다. 절대로 아무것도 만지면 안 된다면서. "사마아, 저기 보이는 초록 알갱이들은 독이야. 덤불은 아무짝에도 쓸모가 없어. 너무 가늘어서 내다 팔지도 못하고 조각을 하지도 못하거든." 그래서 '조각'이 뭐냐고 물어봤지만, 이 낱말의 뜻은 끝내 이해하지 못했다. 목재에 어떤 형태를 불어넣는 거라고? 그게 어떻게 가능해? 모래 위에 그림을 그릴 수 있다는 건 알지만, 나무에는 어떻게? 어쨌든 나는 늘 아빠 말을 잘 듣고 아빠가 시키는 대로 했다. 내 눈에 아빠는 현명하고 못하는 게 없어 보였다.

영원히 죽지도 않고.

마지막 대이주 때는 다른 사람들을 따라 걸었다. 걷는다는 생각도 없이 그저 앞으로 움직였다. 딱 한 가지는 기억이 난다. 식량이 있는데도 엄마가 비쩍비쩍 말라 갔다는 사실이다. 이따금 눈물 한 방울이 엄마의 검게 그을린 뺨을 타고 흘러내렸다. 엄마가 아빠 없이 이주하는 건 그때가 처음이었다. 나는 엄마 손을 잡고 걸었다. 엄마는 내가 손을 잡고 있다는 걸 알아차린 적이 거의 없지만. 엄마 손은 힘없이 축 늘어져 있었다.

사냥꾼들은 나무들을 쫓아 대도시에서 점점 더 먼 곳으로 옮아간다. 갈수록 나무 사냥이 더 힘들어져서다. 이 못된 나무들이 너무 희귀하니까. 아빠가 영영 돌아오지 못하게 된 것도 다 나무 때문이다. 사냥꾼들이 사막에서 사투를 벌이는 것도 다 나무 때문이다. 그러니 랑시엔이 나무 얘기를 하면서 감상에 젖어 눈이 축축해지는 건, 참 웃기지도 않다.

게다가, 랑시엔이 도대체 뭘 알아? 그녀도 옛날 세상에서 태어난 사람이 아니다. 그 세상은 그녀 할머니의 할머니 때부터 사라지고 없었으니까. 그런데도 랑시엔은 우리 귀에 딱지가 앉도록 한 얘기를 얼마나 하고 또 해 댔는지 내가 다 달달 외울 정도다! 만약 동물들이 존재했다면 왜 지금은 야수하고 크랄밖에 없는데? 왜 곳곳에 벽만 솟아 있고 사구 아래에서 이상한 더미만 나오는데? 랑시엔은 생명이 다 말라 버렸다고 말한다. 그럼 나무는? 나무는 왜 아직도 여기 있겠어? 우리를 먹여 살리려는 게 아니라면!

랑시엔이 포타주를 한 모금 더 마신다.

"사막이 이겼다. 나무들은 탐욕스러운 인간을 피해서 깊은 구렁 속으로 숨어 들어갔지. 대도시 인간들은 나무를 베어다가 자기네 집들을 장식해. 얼마나 넓은지 우리 부족이 다 들어

가고도 남을 그런 집들을 말이야. 죽은 나무는 아무 소용이 없어. 살아 있으면? 살아 있는 나무는 곧 생명이란다. 대도시 인간들은 그걸 볼 줄 몰라. 사냥꾼들도 마찬가지고. 멍청이들 같으니."

갑자기, 사막의 정적을 찢는 긴 나팔 소리가 울린다.

나는 허리를 바짝 세우고 귀를 기울인다. 나팔이 다시 울리고, 야영지에서 기쁨의 함성이 터져 나온다.

뿔나팔 소리다! 나는 발딱 일어선다. 사냥꾼들이 돌아왔어!

솔라를 다시 만날 생각에 마음이 급해진다. 솔라가 없는 지난 넉 달 동안 얼마나 우울했는데! 더는 나와 놀아 주는 사람이 아무도 없었다. 솔라의 첫 사냥…….

"서둘러, 트위다, 가자! 안녕히 계세요, 랑시엔!" 내가 소리친다.

나는 뒤도 돌아보지 않고 천막에서 뛰쳐나와, 고운 모래 위에서 샌들이 자꾸 미끄러지는데도 있는 힘을 다해 달린다.

이제 사냥꾼들이 우리와 같이 있으니, 이 길에서 나를 공격하는 야수는 없을 것이다.

야영지에 도착한 나는 한쪽 구석에서 허리를 구부린 채 숨을 헉헉 몰아쉰다. 신이 난 아이들이 소리를 지르며 사방으로 뛰어다니고, 여자들은 환한 얼굴로 남편들을 끌어안는다. 엄마들은 아들들을 얼싸안거나 근심스러운 낯빛으로 아들들의 행색을 살핀다.

이따금 돌아오지 않는 이들도 있다. 대개는 이동 중인 행렬을 야수가 떼로 몰려들어 공격해서 생기는 일이다.

사람들이 야영지 한가운데 솟은 장대 아래 모여 있다. 사냥꾼들은 벌써 몸짓을 섞어 가며 왁자하게 모험담을 풀어놓는 중이다. 목재가 가득 실린 썰매가 한눈에 들어온다.

나는 남자들 뒤에서, 꼬마들 사이에서, 큰 아이들 틈에서 솔라를 찾지만, 헛일이다. 그 애가 보이지 않는다.

돌아왔어. 솔라는 분명히 돌아왔어.

목이 약간 따끔거리지만 나는 짐짓 모른 체한다. 기억이 밀려든다. 내가 사람들 무리를 살펴보는데 아빠가 사냥꾼들 사이에 없다, 어디에도 없다, 고개를 사방으로 돌려 보지만 아무데도 없다, 칼로의 얼굴이 보이고 이제 나는 안다. 좋지 않은 일이 생겼다는 걸 나는 안다.

"사마아, 안녕!"

몸을 돌리자 솔라가 바로 코앞에 서 있다. 더는 내가 알던 솔라가 아니긴 하지만. 나는 비로소 마음이 놓이면서도 동시에 충격을 받는다. 그는 내가 배웅했던, 허약하고 키만 비죽 커서는 잔뜩 긴장한 채 첫 사냥을 떠나던 그 열네 살 소년이 전혀 아니다. 몇 센티미터는 더 자랐고 소매 없는 튜닉을 입고 있다. 어깨는 넓게 벌어지고 두 팔은 딴딴하게 근육이 붙었다. 가무잡잡한 얼굴은 진갈색 더벅머리에 절반쯤 가려져 있다. 머리가 얼마나 덥수룩하게 자랐는지 머리 주위로 둥근 후광이 생긴 듯하다. 다행히, 까맣고 장난기 가득한 두 눈은 그대로다.

나는 말을 더듬는다.

"안녕…… 음, 어…… 잘…… 지냈어?"

그가 웃고 나도 따라 웃는다. 이제 긴장이 조금 풀린다. 그가 여기저기 굳은살이 박인 손바닥을 내게 펼쳐 보인다.

"내가 나무를 벴어, 사마아! 이 나무를 찾느라 멀리까지 갔었어. 아주 멀리, 아주아주 멀리! 사막은 가도 가도 끝이 없는데 가까운 구렁들은 다 텅텅 비었더라고. 그런데 거기에 도착해서 보니까……, 야호!"

그가 이야기하면서 내 어깨를 붙들고 흔들자 그의 힘이 고스란히 느껴진다. 함박웃음이 그의 그을린 얼굴에 넓게 퍼진다.

"그와른이 처음 발견했어. 얼마나 거대했는지 몰라. 또 얼마나 높았는데! 그렇게 신기한 광경은 태어나서 정말 처음 봤어! 값을 엄청 많이 받을 거야!"

솔라는 이제 "우리 아빠"라 하지 않고, 그와른이라고 이름을 부른다. 사냥꾼이 되고 나면 사냥꾼으로서의 관계만 남고 이것이 가족 관계보다 더 끈끈해지기 때문이다.

우리 아빠도 동료들과 밤이 늦도록 시간을 보내곤 했다. 칼로와 그와른이 아빠와 가장 친한 친구들이었다. 세 사람은 같이 웃고, 훈련하고, 장대 꼭대기에 오르고, 사구 속을 달렸다. 엄마와 아빠는 다투는 일이 드물었다. 유일하게 갈등이 생기는 경우는 아빠가 친구들하고만 너무 오래 시간을 보내고 우리와는 그러지 않을 때였다. 물론 엄마 아빠는 결국에는 화해를 했다. 그러고 나면 아빠는 더 시간을 내서 내게 글을 읽히거나 장대에 오르는 법을 가르쳐 주었다. 아빠는 우리가 천을 짜거나 바느질을 하는 동안 같이 천막 안에 머무르다가, 그 뒤에는 사냥꾼들과 나가서 어울렸다. 그들은 사막 여기저기 파묻혀 있다가 사구가 바람에 떠밀려 자리를 이동할 때 모습을 드러내는 이상한 물건들을 수집해서 관찰했다.

이제 솔라도 똑같아졌다.

물론 나도 그 애가 사냥꾼이 돼서 기쁘지만, 질투가 조금 난다. 아니, 많이 난다. 나도 나무를 사냥해다가 부족을 먹여 살리고 싶다. 그러기는커녕 지금 나는 한 얘기만 하고 또 하는 이 빠진 노인네에게 수프나 가져다주고, 흥정꾼들이 대도시에 가져갈 합성 섬유나 짜고 있다.

시시해.

내 얼굴이 부루퉁해지는 걸 보았는지 솔라가 내 손을 잡아끈다.

"와서 토막들 좀 봐!"

그는 남자들이 목재를 쌓는 곳으로 나를 끌고 간다. 맨 아래에는 너무 무거워서 내가 들어 올릴 수 없는 굵은 토막들이 있고, 그다음에는 중간 굵기 토막들이 있다. 썰매 안에는 이따금 손가락으로도 바스러뜨릴 수 있는 얇은 밤색 조각들이 떨어져 있지만, 양이 많은 적은 한 번도 없었다. 랑시엔은 그게 잎사귀라고 했다.

나는 목재 더미에 가까이 간다.

솔라 말이 맞다. 정말 어마어마하다.

틀림없이 굉장한 나무였을 것이다. 사냥꾼들이 가끔 나무들의 생김새를 모래 위에 그려 주지만, 나는 땅속에 뿌리를 박고 있는 나무가 실제로 어떻게 생겼을지 도저히 상상이 가지 않는다.

냄새도 희한하다. 토막 안쪽은 밝은 베이지색이고, 섬유질이 촘촘하다. 아주 억센 나무였을 것이다.

저만치 떨어진 곳에 엄마가 보인다. 엄마도 흥겨운 분위기에 섞여 들려고 애쓰는 중이다. 어색한 웃음을 띤 채 이 사람의 어깨를 토닥이고 저 사람에게 손 인사를 건네면서.

어찌할 줄을 모르는 것이다. 나는 엄마를 잘 안다. 사냥꾼들이 돌아올 때마다 엄마는 얼굴이 해쓱해진다. 아빠가 세상을 떠난 지 1년이 넘었는데도 엄마는 여전히 아빠를 그리워한다. 그래도 많이 나아진 편이다. 이제 기운도 제법 차렸고, 이른 새벽에 울면서 깨지도 않는다. 끼니도 챙겨 먹고, 다른 여자들과 어울리기도 하고, 밤샘 모임에도 나간다. 그렇지만 예전과는 다르다는 것을 나는 안다. 마치 엄마 눈 속에 있던 뭔가를 누가 훔쳐 가기라도 한 것처럼. 뭔가가 아빠와 함께 떠나서, 지금 아빠가 있는 곳으로 따라가 버린 것처럼.

사냥꾼 대장인 칼로가 아빠를 공격한 야수를 죽였다는 걸 알지만, 그런다고 해서 달라지는 건 없다.

아빠는 이제 여기 없으니까.

칼로가 죽은 야수의 가죽을 엄마에게 줬을 때, 엄마는 칼로의 눈을 똑바로 노려보다가 그대로 돌아섰다. 칼로는 우리 부족 안에서 가장 존경받는 사람이다. 아무도 칼로를 그런 식으로 대한 적이 없었다. 그는 아무 말도 하지 않았다.

마침, 건장한 체구에 위풍당당한 칼로가 솔라를 부르고 솔라는 그에게 달려간다.

'완벽한 트위다 씨'가 뒤늦게 도착한다. 꽤나 못마땅한 얼굴로.

"나를 기다렸어야지……."

"미안, 사냥꾼들의 귀환을 놓치고 싶지 않았어."

트위다는 아빠가 사냥꾼이 아니어서 이해하지 못한다.

나는 그녀에게서 신경을 끄고 갑자기 환호성이 터져 나오는 쪽으로 고개를 돌린다. 남자들이 커다란 가죽 부대 여러 개를 굴리고 있다……. 물이다!

정말 끝내준다! 흥정꾼들은 대도시까지 스무 날을 걸어서 나무를 운반해 가야 하는데, 이번에는 돌아올 때 물자를 여느

때만큼 많이 실어 오지 않아도 될 것이다. 흥정꾼들이 마음을 놓는 모습이 눈에 보이는 듯하다. 더구나 이 물은 맛이 아주 환상적이다.

이 물을 마실 때면 하늘을 마시는 기분이 든다.

나는 미안하다고 말하면서 사람들 사이를 비집고 나가 무리 건너편에 있는 엄마에게로 간다. 내 손을 엄마 손안에 슬쩍 밀어 넣는다. 엄마도 손가락을 오므려 부드럽게 마주 쥔다.

서로 기대선 채, 우리는 다른 가족들이 재회하는 모습과 기쁨에 술렁이는 광경을 지켜본다.

엄마는 얼른 닦아 내지만, 나는 엄마 눈에 고이는 눈물을 본다.

“그런데 랑시엔은?” 엄마가 차분한 목소리로 묻는다.

“무슨 질문이 그래……. 당연히 아직 있었지. 구멍 숭숭 뚫린 역겨운 입으로 포타주도 다 마시더라.”

“사마아……, 랑시엔이 늙었고 못생겼다고 할 수는 있어. 네 아빠도 다른 사냥꾼들처럼 랑시엔을 무시했지. 그렇다 해도 네가 그렇게 말하는 소리를 들으니 너무 슬프구나.”

“그렇지만 맨날 헛소리만 하잖아!”

엄마가 몸을 기울여 내 귀에 대고 말한다.

“헛소리인지 네가 어떻게 알아?”

그러고는 뒤를 돌아보며 혼잣말처럼 중얼거린다.

“가끔, 나는 믿고 싶어. 그 세상을 말이야. 왜 그런지 아니?”

나는 모른다고 대답한다.

"과거에 존재했다면, 어쩌면 다시 생길지도 모르니까……."

나는 깜짝 놀라 엄마를 쳐다보며 무어라 대꾸하려고 입을 열지만 엄마는 그럴 틈을 주지 않는다.

"솔라는 어때? 네가 그 애랑 얘기하는 거 봤어."

나도 모르게 얼굴이 발개진다.

"잠깐 마주쳤을 뿐이지만 좋아 보이더라고."

엄마가 고개를 끄덕인다.

"넉 달 만에 완전히 변했더라."

"응."

중앙 공터에서 솔라가 내일 새벽에 흥정꾼들이 끌고 떠날 썰매에 목재를 쌓고 있다. 트위다와 얘기하면서. 두 사람은 키가 똑같다. 내 착각일지 모르지만 솔라가 목재를 들어 올릴 때 유난히 근육을 뽐내는 것 같다. 트위다는 여왕처럼 긴 머리칼을 쓸어 넘기며 그에게 화사하게 웃어 보인다.

나는 눈길을 돌린다.

솔라는 이제 나와 놀지 않을 거고, 내게 사냥 얘기도 들려주지 않을 것이다. 대신 트위다에게 들려주겠지. 그녀는 완벽하고, 다소곳하고, 성숙하고, 매력적이니까. 그녀는 이제 어린 애가 아니니까.

엄마가 슬쩍 자리를 뜰 때 나도 바로 뒤쫓아 간다. 야영지를 들썩거리게 하는 저 행복의 열기를 도무지 이해하지 못하겠다고 생각하면서.

오늘 아침, 흥정꾼들이 무거운 목재를 가득 싣고 떠났다.

한편 사냥꾼들은 이번에 나무를 벤 구렁 근처에서 다른 구렁을 하나 더 찾아냈다고 한다. 이미 목재를 넘치게 실은 터라 그냥 두고 올 수밖에 없었지만 곧 다시 떠날 예정이다. 사막에는 우리만 있는 게 아니니까. 다른 부족들도 귀한 목재를 찾아 사막을 누빈다. 구렁 하나가 눈앞에 있는 지금, 칼로와 그의 동료들은 마음이 급하다.

조금 망설여지긴 했지만 너무너무 가고 싶어서, 나는 사냥꾼들이 야영지에서 모두 흩어진 뒤에 칼로를 뒤쫓아 갔었다.

"칼로!"

그가 돌아보았다. 워낙 매몰찬 성격이지만 나를 온화한 눈빛으로 내려다보았다. 키가 하도 커서 그를 보려면 나는 고개를 한껏 뒤로 젖혀야 했다.

"칼로……, 혹시…… 혹시 지난번에 갔던 곳으로 다시 떠나신다면, 이번에는……."

"안 돼."

그가 숨을 크게 들이쉬고 몸을 숙여 나와 눈높이를 맞췄다.

"여자는 사냥꾼이 될 수 없단다."

“저 되게 민첩해요. 장대 꼭대기까지 금방 올라가는걸요. 잘 아시잖아요.”

사실이다. 야영지 한가운데에는 대도시에서 가져온 재료를 깎아 만든 높은 장대가 있는데, 나는 아주 어릴 때부터 거기에 올라갔다. 엄마와 칼로가 못마땅해하는데도 아빠가 내 편을 들어 준 덕분이었다. 그래서 나는 어지간한 남자아이들보다 솜씨가 좋다. 솔라도 이긴다. 뭐, 이겼었다. 그 애 팔에 근육이 우락부락 붙은 마당에 지금도 이길지는 모르겠지만.

“너는 장대에 오르는 데는 선수지만 사냥은 위험하고 힘든 일이야. 네 지구력으로는 어림없어. 더구나 네가 없으면 엄마가 어떻게 버티시겠니?”

나는 칼로를 쏘아보았다.

“저는 훌륭한 사냥꾼이 될 거예요.”

“남자들에게 더 적합한 일이야. 그리고 나는 너를 잘 돌보겠다고 네 아빠와 약속도 했어. 네가 사냥꾼이 되는 일은 없을 테니, 더는 얘기하지 말거라.”

그는 돌아서서 가 버렸다.

트위다가 멀리서 나를 보고 있었다. 그녀는 안됐다는 듯 고개를 절레절레 흔들었다. 곧 그녀의 길고 호리호리한 실루엣이 어느 천막 뒤로 훽 사라졌다.

나는 너무 창피해서 눈물이 났지만 목이 메이도록 꾹 참으며 우리 천막으로 내달렸고, 내 짚깔개 위에 몸을 던졌다.

뭔가를 마구 두들겨 패고 싶지만, 그 큰 손바닥으로 내 주먹을 받아 줄 아빠가 더는 여기에 없다. 이제 아빠는 벙글거리며 나를 약 올리지 못한다. "너 지금 때린 거야? 에이, 말도 안 돼, 사마아. 아무 느낌도 없었는데! 다시 한번 때려 볼래? 이번에는 더 잘 느껴 볼게."

나무를 두들겨 팰 수도 있겠지. 내 손에 맞는 도끼로 흠씬 패 버리는 거다. 그러면 기분이 좀 풀리겠는데.

그리고 나는 눈썰미가 좋으니까 나무들을 엄청 잘 찾아낼 것이다.

나무들은 깊은 구덩이 안에 숨어 있어서 아득하게 펼쳐진 사막 위에서는 찾아낼 수가 없다. 사냥이 어려운 것도 다 그래서다. 아주 가까이 가야만 보이니까. 그러고도 나무에 다가가려면 밧줄에 매달려 깎아지른 절벽을 내려가야 하고, 그런 다음 나무를 쓰러뜨리고, 토막을 내고, 굵은 밧줄에 엮어 위로 올려야 한다. 육체적으로 힘들 뿐 아니라 위험하다.

가끔 덤으로 받는 선물처럼 구렁 안에 물이 있을 때도 있다. 사냥꾼들은 물을 찾을지도 모른다는 기대감에 늘 커다란 가죽 부대를 갖고 다닌다.

나는 그 물을 부대에 떠 담는 역할을 맡을 수 있을 것이다.

힘이 필요한 일이 아니니까. 그러면 사냥꾼들은 시간을 절약할 테고, 나는 내 몫을 하게 된다.

어째서 칼로는 이런 점을 인정하지 않는 걸까?

쭈그렁 할망구 랑시엔은 나무를 베면 물이 마른다고 우긴다. 땅속에 박힌 나무들이 발로 물을 붙잡고 있다나 뭐라나. 어휴, 말짱 헛소리! 백번 양보해서 나무의 손이라면 또 모를까, 어떻게 **발이** **물을 붙잡을** 수가 있겠어?

그런가 하면 칼로는 사막이 살아 움직인다고 확신한다. 사막이 달리니까 우리는 사막과 경주를 벌여야 하는 것이다. 지금으로서는 우리가 앞장서 있다. 사냥꾼들이 그렇게 열심히 훈련하는 이유도 다 이 경주 때문이다. 계속 이기려면 아주 빠르고 지구력이 강해야 한다.

나는 빠르다. 지구력은 더 기를 수 있다.

머지않아 우리는 나무들이 있는 곳으로 더 가까이 가기 위해 새로운 야영지로 옮길 것이다. 사냥꾼들이 길고 고단한 행군 거리를 줄여야 하기 때문이다. 그러나 흥정꾼들은 다르다. 그들은 대도시에서 멀어질수록 더 멀리 여행해야 하는 셈이어서 불만이 많다.

모두 저마다의 자리에서 최선을 다할 수밖에 없다.

나도 한 번, 대도시에 가 본 적이 있다. 일곱 살 때였다. 아빠는 나를 카라반에 태워 가고 싶어 했다. 엄마는 화를 냈다. 오가는 길에 야수에게 공격당할 수도 있고, 대도시에 억류될 수도 있고, 다른 부족 사냥꾼들과 마주칠 수도 있고, 또 이럴 수도 있고 저럴 수도 있으니까……. 하지만 아빠가 이겼다. 솔라, 그 애도 그와른을 따라갔다. 여정 내내 우리는 목재를 가득 실은 썰매 위에 앉아 대도시에 관해 얘기했다. 온갖 상상력을 동원해 가면서. 그곳 사람들도 우리와 똑같이 생겼을까? 동물이라는 신비로운 생물들도 살고 있을까? 우리도 동물을 볼 수 있을까? 통치는 누가 하지? 나는 힘이 막강한 어떤 여자이리라고 확신했다. 푸른빛이 도는 길고 풍성한 드레스를 발 아래까지 늘어뜨린 여자 통치자. 그녀는 분명 천천히 말하고 귀 기울여 들을 줄 알 터였다. 바느질을 하지 않고 전투에 나가겠지. 솔라는 솔라대로 어떤 무사들의 통치 체제를 세웠다. 이 무사들은 투구로 얼굴을 가리고 뾰족한 창을 휘두르며 사람들을 지키는데, 도시와 시민들의 운명은 다 같이 의논해서 결정한다.

우리는 둘 다 틀렸다. 동물은 그림자도 보지 못했고, 통치자는커녕 말단 졸개조차 보지 못했다. 왜냐하면 대도시 사람들은 높은 타워 상층부에 살기 때문이다. 우리는 그저 평민들에게 허용되는, 곰팡내와 지린내, 썩은 내 그리고 슬픈 냄새가 진동하는 지하도로만 다녀야 했다. 내가 상상했던 그런 푸른 드레스 차림의 여자가 있었다 해도, 그녀는 남자들을 시중드는 존재일 뿐이었다. 이 사실을 나는 나중에야 알았다.

대도시는 모래 위에 서 있는 흉물처럼 칙칙하다. 그것도 아주 거대한 흉물. 타워들이 하늘 높이 솟아 있어 멀리서도 보이고, 그 드높은 타워들에 햇빛이 반사되어 몇 킬로미터 밖까지 번쩍거린다. 그게 다가 아니다. 대도시는 땅 밑으로도 깊이 뻗어 내려간다. 이 지하부는 수백 개의 터널로 이루어졌는데, 군데군데 설치된 새하얀 램프들을 제외하면 전체가 칠흑처럼 어둡고, 소리는 답답하게 묻히거나 벽에 부딪쳐 웅웅 울린다. 우리는 거대한 타워들 아래, 그 구역질 나는 굴속에서 잤다. 랑시엔 말로는, 그 지하부는 옛날에 세상이 미쳐 가기 시작할 때 사람들이 파 내려간 거라고 한다.

대도시의 모습은 엄마가 포타주를 끓일 때 풀썩거리는 거품처럼 이따금 내 기억 속에 떠오른다. 이를테면 나를 집어삼키려는 괴물 아가리처럼 입을 쩍 벌리고 있는 컴컴한 지하 통로라든가. 그전까지 나는 사방으로 뻗어 있는 시퍼런 하늘과 끝이 보이지 않는 사막, 가끔 불어닥치는 돌풍에만 익숙해져 있었다. 그런데 대도시에서는 땅속에 파묻혀 있었다. 나는 죽을까 봐 무서웠다. 너무 무서워서 아빠 손을 꼭 잡았지만 그래도 모든 것이 두렵기만 했다. 이상한 소리. 매끄럽고 차가운 벽. 파이프. 서로 떼밀며 종종걸음 치는 사람들. 창백하고 칙칙한 얼굴들. 입구에서 울고 있는 여자아이. 피 웅덩이. 어두운 통로 안에 쌓여 있는 빈 산소통들. 바닥의 창살이 내뱉는 역겨운 바람.

지상의 고층 건물들은 웅장했다. 하늘을 찌를 듯 장엄하게 솟아 있었다.

도시 뒤편 넓은 공터에 기계들이 모래 위에 박혀 줄지어 서 있던 것도 기억난다. 이 기계들은 커다란 팔이 달리고 저절로 빙글빙글 돌았다. 또 어떤 기계들은 기다란 목으로 땅을 두드리고 올라갔다가 다시 내려와 또 두드렸다.

이 모습들은 어쩌면 기억이라기보다는 꿈일지도 모른다. 아빠가 너무 많은 얘기를 해 줘서, 나 나름대로 이해하고 짐작한 것들을 현실과 뒤섞어 버렸을 것이다. 하지만 분명한 점은, 대도시가 땅을 파고 있다는 사실이다. 아주 깊이, 누가 몇 달 동안 걸어 들어가도 도착하지 못할 곳까지 깊이 파 내려가서 그들은 물을 찾아낸다. 그 물을 빨아들여 공장으로 보낸다. 그러면 공장에서 물을 압축하는데, 비타민을 함유한 이 냄새 고약한 젤리가 우리의 건강을 지켜 준다. 그리고 아빠가 설명하지 못하는 어떤 복잡한 공정을 거치면 물은 산소로도 가공되어 통에 담긴다.

산소는 우리 부족 사람들에게 심각한 문제다. 예컨대 임신한 여자가 산소를 충분히 마시지 못하면, 배 속에서 자라고 있는 아기를 잃고 만다. 아니면 아기가 태어난 지 며칠 만에 죽기도 한다. 숨이 막혀 죽는 것이다.

나도 원래는 오빠들이 있었다. 하지만 사막 공기는 가혹하다.

오빠들은 아무도 살아남지 못했다.

천막 어스름 빛 아래서 나는 새 직물을 짜고 있다. 빨강, 오렌지, 노랑, 자주 같은 따뜻한 색을 주로 골랐지만 근사한 청록색도 넣었다. 정적이 야영지를 감싸고 있다. 작은 소리마저 크게 울리고 텅 빈 메아리로 되돌아온다. 고요 속에서 내 숨소리를 듣는다. 태양은 쪽빛 하늘에 높이 걸려 있고, 더위가 숨을 짓누른다. 아이들은 낮잠을 잔다.

직물을 앞에 두고 나는 한숨을 내쉰다. 그림을 뒤죽박죽 넣은 탓에 짰던 부분을 다시 풀어야 한다. 나는 구시렁거린다.

"집중해야지, 사마아!"

엄마가 빙긋 웃는다.

"솔라가 돌아와서 그러니?"

"말도 안 돼!"

"솔라 때문이 맞네." 엄마가 한술 더 뜬다.

그리고 나를 가만히 보더니 진지한 얼굴로 말한다.

"사마아, 솔라는…… 뭐랄까……."

"……트위다를 좋아하지. 고맙지만 나도 벌써 알아."

나는 이 사실을 한 번도 입 밖에 내지 않았지만, 지금 생각해 보니 이보다 더 명백할 수가 없다. 어째서 더 일찍 알아채지 못했을까?

예전 같으면 솔라는 아침에 일어나자마자 후닥닥 끼니를 때

우고 나를 보러 왔다. 그러고는 나를 도와 집집마다 물을 나눠 주고, 실패를 감고, 식료품과 생필품의 무게를 달아 각 가정에 돌아갈 몫을 분배했다. 그런 다음 우리는 냅다 달려서 장대에 올랐는데, 꼭대기에는 **언제나** 내가 일등으로 도착했다. 밤에는 저녁을 먹은 뒤에 야영지 가장자리에서 다시 만났고, 담요를 깔고 누워 서늘한 모래로 몸을 덮고 별을 관찰했다. 사냥꾼들은 길을 잃지 않으려면 별을 잘 알아야 한다. 특히 하늘에서 절대로 움직이지 않는 별, '밤의 눈'이라면 반드시.

오늘 아침, 솔라는 내게 오지 않았다. 나중에 트위다 옆에서 나란히 걷고 있는 모습이 눈에 띄었다. 그는 긴장할 때면 늘 그러듯이 손으로 머리칼을 연신 쓸어 넘겼다. 나는 그의 뺨을 후려치고 싶었다.

솔라에게 나는 이제 어린 시절의 추억일 뿐이다. 그 애는 더 이상 어린애가 아니니까. 사냥꾼이니까.

"사마아! 또 뒤죽박죽 짜고 있잖니."

"미안해, 엄마……." 내가 웅얼거린다.

"하기 싫으면 잠깐 바람 좀 쐬고 와도 돼."

"아냐, 아냐, 괜찮아. 완성하고 싶어."

나는 탐문하듯 뜯어보는 엄마의 눈길을 피해 허둥대는 손가락들을 진정한다.

나는 직물이나 짜고 식료품이나 나눠 주면서 인생을 보내고 싶지 않다.

나무를 사냥하고 싶다.

내가 할 수 있다는 걸 증명해 보이겠다.

사흘 전부터 사냥꾼들이 분주해졌다. 이번 원정은 오래 걸리겠지만 수익도 클 거라고 한다. 나무 위치를 벌써 아는 데다 크기가 어마어마하기 때문이다. 사냥꾼들이 성공해서 돌아오면 흥정꾼들은 연거푸 많은 양의 목재를 팔게 되는 셈이다. 그러면 식량과 물자가 넉넉해지고, 몇 달을 버틸 분량을 충분히 비축하게 된다. 우리는 다 함께, 그러니까 여자들은 남편과 함께, 아이들은 아빠와 함께 지내게 될 것이다.

지난 원정에서도 사냥꾼들은 평소처럼 경로에 흔적을 남겼다. 바위에 표식도 새기고 여기저기 돌무더기도 쌓아 두었다. 그들의 이동 경로는 사막에 다 새겨져 있는 셈이다. 이 흔적 덕분에 사냥꾼들은 새로운 경로를 개척할 기회가 늘어난다. 새로운 경로가 생기면 나무를 찾기가 한결 쉬워진다.

나는 식량을 실은 썰매도, 커다란 물통도 없을 것이다.

그렇지만 나는 바보가 아니다. 사냥꾼들이 돌아온 뒤부터 나는 식량을 배분할 때 내게 필요한 것을 따로 빼돌리고 있다. 얼려서 말린 단백질 바를 이쪽 주머니에 여섯 개, 저쪽 주머니에 다섯 개씩 꿍치는 식으로. 그런 다음 장물들을 밀폐 가방에

넣어 내 짚깔개 아래 묻어 둔다. 그리고 젤리 물 두 통도 빼돌렸다.

나는 엄마에게 솔라와 놀 거라고 말하고 밖으로 나온다. 거짓말이다. 사실은 염탐도 하고 물건도 꼬불치면서 떠날 채비를 할 작정이다. 그 애는 트위다나 다른 사냥꾼들과 붙어 다닌다. 나와 마주치면 나보다 나이가 열 살은 많은 사람처럼 내 머리칼을 헝클어뜨린다. 그 애가 마치 여동생을 보호하는 오빠마냥 웃는 게 정말 꼴 보기 싫다.

그 애 때문에 마음이 아프다.

새로 짠 직물로 배낭을 하나 만들었다. 어깨 끈 두 개가 배낭을 등에 고정해 줘서 나는 자유롭게 움직일 수 있을 것이다. 밤 추위를 견디려면 헌 담요도 가져가야 한다. 처음에는 무리에서 멀리 떨어져 쫓아가야 들키지 않는다. 일찌감치 눈에 띄면 사냥꾼들은 나를 떼어 놓으러 야영지로 되돌아오고도 남을 테니까. 빈정거리기 좋아하는 부족 사람들이 죄다 지켜보는 앞에서 다시 끌려오는 건 상상도 할 수 없는 일이다.

그러니까 왔던 길을 돌아가기에는 이미 너무 멀리 왔을 때 모습을 드러내야 한다. 식량을 충분히 가져가지 못해서 일찍 동이 나더라도 나중에는 사냥꾼들에게 얻어먹으면 될 테고. 나는 아주 조금만 먹는다. 나 때문에 누가 굶어 죽는 일은 일어나지 않는다.

그들은 똑똑이 보게 될 것이다. 내가 할 수 있다는 걸. 내가 여자애여도, 내 머리카락이 짧아도.

이제 막대기만 하나 찾으면 된다. 사냥꾼들과 합류하기 전에 야수들을 만나면 막대기를 허공에 대고 휘둘러야 한다. 야수들은 배가 부를 때는 막대기 휘두르는 소리만 듣고도 도망간다.

배가 부를 때는.

나는 사냥꾼이 되고 싶다. 우리 부족 최초의 여자 사냥꾼. 나는 모든 여자들의 운명을 바꿀 것이다.

드디어, 떠나는 날이다.

원정대의 출발을 배웅하기 위해 부족민이 모두 밖으로 나와 있다. 중앙 공터는 사람들이 마지막 포옹을 나누며 인사하는 소리로 떠들썩하다. 나는 엄마에게 내가 랑시엔의 포타주를 준비해서 가져다주겠다고 말해 두었다. 이 정신없는 와중에 누가 랑시엔을 챙기겠냐고 둘러대면서.

"좋은 생각이구나."

엄마가 웃으면서 허락했다.

나는 엄마를 배신하고 있다. 엄마를 버리고 있다. 내 운명을 스스로 만들어 가고 싶지만, 엄마를 보면 마음이 흔들린다. 엄마가 걱정할 텐데, 울 텐데, 이제나저제나 나를 기다릴 텐데.

엄마가 견뎌 온 그 모든 시간을 생각하면 지금 나는 엄마에게 비수를 꽂고 있는 셈이다.

그러나 다른 방법이 없다.

나는 따뜻한 포타주를 챙긴 다음 엄마를 끌어안는다. 자연스럽게 보이려고 애를 쓴다. 뭔가 커다란 덩어리가 목구멍에 걸려서 숨을 쉬기가 힘들다.

"사람들 떠나는 거 정말 안 볼 거야?" 엄마가 뮈르파에 가져갈 막대기를 내밀며 묻는다.

됐다. 이걸 가져가면 된다. 나도 이제 막대기가 생겼다. 안도의 한숨이 새어 나오려는 걸 참는다.

"싫어……. 안 볼래……."

지금 이 상황을 어떻게 생각하고 있든 간에 엄마는 나를 믿는다. 그 믿음을 나는 엄마 눈 속에서 읽는다.

나는 돌아선다.

두툼하고 어두운 천으로 만든 50채의 크고 작은 천막들 중에서 우리 것은 야영지 가장자리에 있다. 엄마가 나를 지켜본다.

나는 기암괴석과 아이들이 쌓아 놓은 돌무더기 사이를 지나 앞으로 나아가고, 예전에 솔라와 내가 놀면서 이쪽 바위와 저쪽 바위 사이에 묶어 둔 빈 산소통 화환도 지난다. 바람이 불면 **당 당**, 소리가 나는 화환이다. 나는 뒤돌아 서서 엄마에게 손을 흔들어 보인다. 그리고 어느덧 사구 하나가 시야를 가려 엄마는 더 이상 나를 보지 못한다.

나는 숨을 헐떡인다. 힘들어서가 아니다. 하지만 심장이 쿵쾅거리고, 다리가 후들거린다.

내 뒤에서 사람들이 서로 소리쳐 부르고 사냥꾼들이 호탕하게 웃는 소리가 들린다. 아직까지 나를 야영지와 이어 주는 가느다란 끈이다. 솔라도 저기에 있을 것이다. 트위다 앞에서 거드름을 피우고 있을 것이다.

하고 싶은 대로 하라지.

나는 앞으로 나아간다.

혼자서 간다.

드디어 내가 찾던 바위에 도착한다. 랑시엔의 천막에서 멀지 않은 곳, 찌그러진 냄비 모양 바위다. 나는 아침 그늘 아래 아직도 찬기를 머금은 모래 위에 포타주를 내려놓은 다음 무릎을 꿇고서, 며칠 전 밤에 몰래 빠져나와 배낭을 숨기려고 쌓아 두었던 돌 무더기를 치운다.

나는 모래를 판다.

한밤중에 여기까지 나오려면 보통 용기가 필요한 게 아니었다. 그냥 포기하기도 여러 번이었다. 그렇지만 끝내 나는 어둠 속으로 빠져나오는 데 성공했다.

그날 밤, 보름달이 나를 도와 한밤의 경계를 도로 쫓아내고 있었다. 하도 추워서 이가 달그락거렸다. 세상은 죽은 듯이 멎어 있었다. 하늘은 더 가까우면서도 동시에 더 먼 곳까지 부풀어 올랐고, 촘촘히 박힌 별들이 셀 수 없이 많은 눈처럼 나를 지켜보며 일제히 비난해 대는 것 같았다. 나는 은빛 어둠 속으로 미끄러져 들어갔고, 야수가 너무 무서워서 속이 메슥거렸다. 불침번들에게 들키지 않으려고 허리를 바짝 수그리고 걷고 있을 때였다. 내 앞에서 뭐가 바스락거리는 소리가 들리는 바람에 나는 꼼짝없이 죽는 줄로만 알았다. 다시 잘 들어 보려고 숨을 멈추고서 허리를 일으켰다. 그러나 아무것도 없었다. 단지 내 착각일 뿐이었다.

나는 땀에 흠뻑 젖은 채 천막으로 돌아왔다. 엄마는 두 주먹을 움켜쥔 채 잠들어 있었다. 엄마의 고른 숨소리가 나를 달래 주었고, 나는 이 첫 번째 관문을 멋지게 통과했다는 데 안도하며 잠이 들었다.

모래가 손가락 사이로 빠져나가고, 드디어 배낭이 손끝에 닿는다. 나는 배낭을 파내 툭툭 털고서 어깨에 편안하게 멘다. 무겁다. 앞으로 몇 달을 버텨야 하니까. 사냥꾼들이 이번 원정은 대장정이 되리라고 예고했었다.

뿔나팔 소리가 길게 울려 퍼진다. 사냥꾼들이 출발한다는 신호다.

나는 사구에 올라 뮈르파로 향한다. 랑시엔을 온종일 굶길 수는 없는 노릇이다. 랑시엔의 천막에 들렀다가 거기서 사구 끝까지 올라가면 그다음부터는 사냥꾼들이 지나간 흔적을 그대로 따라갈 수 있을 것이다.

나는 천막 입구로 살금살금 다가가 포타주를 내려놓는다. 안에서는 아무 인기척이 없다. 랑시엔이 무사한지 확인하는 편이 좋겠지만, 그랬다가 안에 있으면 또 들어오라고 할 테고, 귀한 시간만 허비하게 된다. 높은 지대로 올라온 덕분에 나는 멀리 있는 우리 야영지를 다시 건너다본다. 엄마는 이제 나를 지켜보지 않고 다른 사람들 틈에 섞여 들었다. 아마 랑시엔이 나를 붙들고 몇 시간이고 이야기를 늘어놓으리라 예상할 것이다.

나는 최대한 숨을 죽이고서 다시 사구를 오르고, 곧 꼭대기에 다다른다. 이제 기암괴석 뒤에 몸을 웅크린 채 저 아래서 원정대가 모습을 드러내기를 기다리기만 하면 된다.

시간이 제법 흐른다.

저기 온다! 붉은 황톳빛 모래 평원으로 전진하는 사냥꾼들의 형체가 보인다. 솔라, 칼로, 그와른이 보이고, 나는 그들이 지나가고 다시 작아지는 모습을 가만히 지켜본다. 그들은 낮은 둔덕 뒤로 돌아 사라져 버린다. 무리의 발자국이 모래보다 약간 더 짙은 선을 그어 놓고 있다.

저 선이 내 경로다.

"용감하구나."

나는 소스라친다. 이 카랑카랑한 목소리, 랑시엔이다.

"강단지고."

나는 천천히 뒤로 돈다. 그녀가 차가운 시선으로 나를 내려다본다.

"너는 맷집이 좋아. 내가 실패한 일을 넌 해낼 수도 있겠구나."

나는 몸을 돌려 다시 사막을 바라본다.

또 무슨 얘기를 하는 거야?

"저들이 나무를 죽이는 걸 막아라, 사마아."

어우, 못 들어 주겠네. 나는 몸을 일으켜 내 목적지로, 사냥꾼들이 지나간 방향으로 성큼성큼 내딛는다. 배낭이 무겁다.

내 식량.

내 원정.

"얘야, 나무가 없으면 미래도 없단다!" 랑시엔이 내 등에 대고 계속 잔소리를 해 댄다.

나는 속도를 높인다.

야수들이 저 노인네랑 저 쭈글쭈글한 입 좀 얼른 물어 가 버렸으면.

발에 땀이 나서 샌들 바닥이 미끄럽다. 발이 온통 물집투성이다. 이렇게 오래 걸어 본 적은 한 번도 없다. 발밑을 경계하느라 모래만 내려다보며 걷는다. 햇볕에 목덜미가 익어 간다.

사냥꾼들의 바위 표식과 돌무더기를 보며 길을 찾고 있다.

꽤 부지런히 걷는데도 자꾸 뒤처진다.

사실이다. 사냥꾼들은 지구력이 엄청나다. 속도도 빠르다. 칼로의 말이 무슨 뜻이었는지 이제 조금은 알 것 같다. 그들과 나 사이의 거리가 갈수록 벌어진다.

첫날에는 사냥꾼들 목소리가 내가 있는 곳까지 다 들렸다.

그다음에는 파편들만 산들바람에 날아왔다.

이제는 아무 소리도 들리지 않는다.

사람들을 부르려고 소리를 질러 보았다.

아무도 내 목소리를 듣지 못했다.

어둠이 다시 세상을 덮었다. 나는 선택의 여지 없이 계속 걷는다. 달은 많이 이울었지만 그래도 길이 분간될 만큼은 밝다. 밤의 사막은 추운 잿빛이다.

사냥꾼들은 분명 자고 있겠지. 나는 계속 간다.

꾸준히 따라잡고, 우리 사이를 갈라놓는 거리를 꾸준히 줄여 나간다.

나는 걷는다, 또 걷는다, 아무 생각도 나지 않는다, 정신이 말라 버렸다, 눈을 뜨고 있으려고 안간힘을 쓴다, 나는 계속 걷는다.

다리 힘이 완전히 풀리면 바위 하나를 골라 그 앞에 돌들을 주워다 놓고 허술한 보호벽을 쌓는다. 대개는 아무것도 먹지 않고 거기서 잠을 잔다. 막대기를 손에 쥐고 배낭을 꼭 끌어안은 채로. 그러면 길고 고된 하루 탓에 몽롱해진 정신으로 스르르 잠에 빠져든다.

해가 하늘 위로 솟는다. 높이 떠올라 나를 공격하고, 나는 눈을 찡그린다. 햇볕이 몹시 따가워 몸이 붓는다. 배가 고프고 무엇보다 목이 마르지만, 너무너무 목마르지만, 지금은 아끼기로 한다. 혀가 부풀고, 갈라진 입술에서 피가 난다.

자는 동안 머리카락이 뒤엉켰다. 모래도 잔뜩 들어갔다. 하지만 빗질할 시간이 없다. 나는 두건을 다시 머리에 두르고 얼굴까지 반쯤 가린 다음 단단히 동여맨다. 밤에는 두건을 목에 두르고 잔다. 그렇게 하면 한결 따뜻하다. 가져온 물건들은 하나같이 없으면 안 될 것들이다. 두건이 없다면 나는 쓰러져서 햇볕에 가루가 되고 말 것이다.

먼지가 눈을 찔러 손끝으로 문지른다. 손가락이 금세 시커매진다. 매일 하루를 시작하기 전에 눈꺼풀 안쪽에 바르는 고약 때문이다. 이 약을 바르면 햇볕의 자극이 조금 누그러진다. 이것이 내가 날마다 지키는 의식이고, 혼란스러운 나날 속에 마지막 남은 희미한 끈처럼 붙잡고 있는 하잘것없는 습관이다. 무섭다.

나는 우둘투둘한 언덕을 오른다. 모래에 섞인 돌들이 자꾸 발밑에서 튕긴다. 허벅지와 종아리가 욱신거린다. 하지만 절대로 뒤돌아보지 않을 것이다. 앞으로, 앞으로, 내가 가야 할 곳으로, 반드시 앞으로. 나는 포기하지 않는다. 사람들을 따라잡고야 말 테다.

사냥꾼이 되고 말 테다.

모난 돌 하나를 잘못 밟아 발이 미끄러지고 발목이 접질린다. 나는 리듬을 깨고 잠시 멈춰서 숨을 고른다. 다시 출발한다. 한 발, 또 한 발, 또 한 발, 뒤꿈치부터 발바닥 그리고 발가락까지 살며시. 나는 몸을 숙여 아픈 발목을 잠시 마사지한다. 다시 출발.

드디어 언덕 꼭대기에 다다른다. 이 높이에서는 드넓은 모래 평원이 한눈에 훤히 들어온다. 나는 모래 위에 난 사냥꾼들의 자취를 찾는다. 자취가 점점 작아지다가 지평선에서 사라진다. 사냥꾼들은 어디에도 보이지 않는다.

나는 숨을 들이쉬고 반대편 비탈로 내려가기로 한다. 자갈들이 미끄러워 반은 구르듯이 달려 내려간다.

나는 사냥꾼들을 뒤쫓는다.

그들의 경로를 찾아내기 위해 바위들을 샅샅이 뒤지고, 그들의 방향을 알아내려 별들을 골똘히 관찰한다. 그들은 북쪽으로 간다고 했다. 북쪽으로 갔다.

그럼 나도. 물집쯤이야, 화상쯤이야, 근육통쯤이야.

나는 내 꿈을 좇는다.

땅에는 더 이상 흔적이 없다.

전혀.

모래가 자갈 지대로 바뀌었다. 자국이 남을 수가 없는 것이다. 바위에 새겨진 표식을 찾아보려 했지만 이리 갔다 저리 갔다 바위들을 쫓아다니느라 시간만 버렸다.

태양이 하늘 높이 걸려 있다. 평평한 돌 위에 걸터앉는다. 물통을 꺼내 머리 위로 들어 올려서 혓바닥에 젤리 한 방울을 떨어뜨린다. 젤리가 곧 액체로 변하고 나는 물을 한 모금 삼킨다. 맛은 형편없지만 그래도 마시고 나면 기운이 난다.

나는 고요에 귀를 기울인다. 이런 정적은 내게 익숙지 않다. 야영지에서는 사방이 소리로 북적였다. 천막은 시야를 막아

주지만 소리를 막지는 못하니까. 다투는 소리, 갑자기 버럭하는 목소리, 웃음소리, 사랑을 나누는 소리, 무거운 숨소리와 코 고는 소리 그리고 낮게 깔리는 속삭임까지. 사생활은 두툼한 천 너머로 새어 나갔다.

아빠가 살아 있을 때 나는 밤에 잠자리에 드는 시간을 좋아했다. 엄마 아빠는 짚깔개 위에 누워 서로의 비밀 이야기와 생각을 속삭였다. 그들의 목소리는 그와른이 부는 피리처럼 감미로운 음악 같았고, 가족과 이웃 관계를 노래하는 그 음악은 영원히 나를 다독여 줄 것만 같았다.

엄마는 더 이상 밤에 속삭이지 않는다.

소음은 이웃 천막들에서 흘러들 뿐이다.

여기는 고요가 어마어마하다.

아니, 사실 고요하지 않다. 나는 가짜 고요에 귀를 기울인다. 희미한 바람이 바위들 사이에서 윙윙거리며 바위 표면에 윤을 내고 바위를 조금씩 깎아 들어간다. 내가 살짝만 움직여도 자갈이 바스락거리는 소리가 공기에 진동을 일으킨다.

나는 세상을 바스락거리게 하는 유일한 생명체다.

내 주위에는 온통 모래와 돌뿐이다.

목소리가 미치는 범위 안에, 시야가 닿는 거리 안에, 인간이라고는 없다.

내가 세상을 바스락거리게 하는 유일한 생명체라는 생각에 정신이 아찔해진다.

젤리 물을 한 모금 더 마신다.

그리고 단백질 바도 하나 꺼내 먹는다. 기운이 난다.

나는 사막을 잘 안다고 믿었는데 실제 사막은 내가 생각했던 것보다 훨씬 복잡하다. 사막은 누렇고, 붉고, 주황빛이고, 창백하다 싶으면 강렬하고, 햇살에 밝게 빛나다가 밤의 어둠에 칙칙해진다. 사막은 낮고, 높고, 평평하고, 모래가 끝없이 펼쳐지거나 자갈로 뒤덮이고, 너울거리는 모래 물결이 바짝바짝 죄어들다가 거대한 언덕을 이루는가 하면, 갈라지고 둘로 쪼개졌다가 다시 아물기 전에 상처처럼 긴 균열이 잎맥을 그어 놓는다.

내 세계가 넓어진다. 이 점은 자랑스러워할 만하다.

나는 두건으로 머리와 목을 잘 감싸서 동여맨 다음 얼굴 앞으로 끌어내린다.

그리고 저물어 가는 하루 속으로 되돌아간다.

나는 포기하지 않을 것이다.

나는 사냥꾼이 될 것이다.

나는 살을 에는 한밤의 추위에 뻣뻣하게 굳은 채로 잠에서 깬다. 담요 바깥으로 머리를 내밀고서 몸에 쌓인 모래를 밀어낸다. 사방이 하늘이다.

엄마 얼굴이 와락 밀려든다. 나는 떨쳐 내려 애쓴다. 아침이면 어김없이 엄마가 찾아와 내 머리를 두드린다. 낮에는 적어도 걷는 데 정신이 팔려서 생각이라는 걸 하지 않는데. 엄마는 딸을 잃었다. 고집불통 딸. 그런데 고통을 같이 나누고 불안한 마음을 서로 달래 줄 사람이 아무도 없다.

숨이 가쁘게 차오르고, 별들이 사방에서 부서져 내린다. 나는 배낭 안쪽에서 내 손만 한 산소통을 꺼내고 튜브도 끌어내 뚜껑에 연결한 다음 통을 열어 몇 차례 숨을 크게 들이마신다. 폐를 조이던 압박감이 누그러지고 하얗게 터지던 섬광이 사라진다. 나는 순전히 즐거움을 위해 한 모금 더 들이마시고 재빨리 통을 닫는다. 산소통을 배낭에 정리하고 두건을 머리에 두른 다음 아침으로 단백질 바를 먹는다. 맛을 최대한 음미하고 향이 모두 날아간 뒤에 삼키려고 오래오래 질겅인다.

단백질 바의 쫄깃한 질감에 완전히 몰입해 있는데, 내 오른쪽에서 어떤 소리가 들린다. 들릴락 말락, 아주 미세한 소리. 나는 돌처럼 굳어져 입을 다물고 씹는 동작을 멈춘다.

정체는 알 수 없지만 내 시야 구석으로 뭔가 재빠르게 움직이는 것이 포착된다. 마치 조약돌 하나가 총총거리며 지나간 듯하다. 나는 천천히, 정지한 기분이 들 정도로 아주 천천히 몸을 돌린다. 조약돌이 분주하게 미끄러지듯 움직이다가, 멈췄다가, 다시 미끄러진다. 나는 다시 고개를 서서히 돌린다. 이번에는 조약돌이 꼼짝하지 않는다. 그러더니 내게로 다가

온다.

나는 그만 숨이 멎는다.

이건…… 동물이야! 야수가 아니라고! 사람들이 말하던 야수의 생김새하고는 완전히 딴판이다. 물론 크랄도 아니다. 크랄이라면 훨씬 더 길고 움직일 때 구불거릴 테니까. 여기 이 녀석은 통통 튀어 다닌다. 더구나 크랄은 털이 없고 비늘로 덮인 피부가 매끈거린다. 나는 그 흉물은 딱 질색이다. 모래 위를 구불구불 기어가는 기분 나쁜 몸뚱이를 떠올리기만 해도 토할 것 같다.

딱 한 번, 실제로 크랄을 본 적이 있다. 보통은 야영지 근처에 가까이 오지 않는데, 어느 날 한 마리가 들어왔다. 인간은 크랄에게 살짝 물리기만 해도 몸에 경련이 일고 입에서 침이 흐르면서 몇 분 안에 금세 죽고 만다. 그날, 내 또래 남자아이가 물렸다. 나는 그 애가 몸을 부들부들 떨면서 뻣뻣하게 굳어가는 모습을 보았다. 어찌나 끔찍하고 충격적이던지. 남자들은 사흘 전에 사냥 원정에서 돌아와 있었다. 다들 이리저리 뛰며 소리를 질러 댔고, 아이 엄마는 엉엉 울었다. 사냥꾼들이 막대기를 휘둘러 크랄을 한 천막 안으로 몰아넣었다. 놈은 무척 빨랐지만 칼로는 더 빨랐다. 칼로가 긴 막대기를 내리꽂아 크랄의 등을 짓이겼다. 그런 뒤에도 우리는 죽은 크랄의 몸에 손을 대면 안 되었다. 송곳니에 아직 독이 남아 있다고 했다. 사냥꾼 한 명이 그 사체를 조심스럽게 수습해 야영지 바깥으로 가서 파묻었다. 그런 다음 죽은 아이를 위한 밤샘 장례 의식이 준비되었다.

그 뒤로 나는 오랫동안 악몽에 시달렸다. 그때 이미 아빠는 곁에 없어서 우리를 크랄에게서 지켜 줄 수 없었다.

그러나 지금 내게 다가오고 있는 동물은 전혀 다르다.

진짜 동물이야!

얘는 자그맣고 모래 색깔인데, 긴 꼬리가 달리고 그 끝에 복슬복슬 털이 났다. 분홍빛 귀는 쉴 새 없이 팔랑거리고 털북숭이 몸이 파닥거린다. 이렇게 생긴 동물은 처음 본다. 산소통이 없는데 어떻게 숨을 쉬지? 아빠는 야수들의 폐가 특별하게 생겼다고 말했었다. 어쩌면 얘도 그럴지도.

이 신기한 동물이 코를 쉴 새 없이 움직이면서 킁킁거린다. 고개를 획획 돌리고, 잠시도 가만있지 않으면서 나를 빤히 보다가, 희끄무레한 발로 콩콩거리며 뛴다. 땅을 긁고 그 속에 머리를 묻더니 쑥 빠져나와서는 처음부터 다시 시작한다. 만져 보고 싶다. 아주 보드라울 것 같아!

미처 모르고 있었는데 한쪽 다리가 너무 저리다. 하는 수 없이 다리를 뻗으려고 몸을 움직이자, 동물이 눈 깜짝할 사이에 달아나 버린다.

갑자기, 두려움이 몰려온다.

내가 혼자라는 건 착각이었다. 이 부산한 동물이 어딘가에 있다가 여기 나타났다면 틀림없이 다른 동물들도 있을 것이다. 어쩌면 아주 가까운 곳에. 어떤 동물들은 덩치가 훨씬 크겠지.

또 위험하고.

나는 단백질 바를 후닥닥 챙겨 배낭 속에 넣고 눈꺼풀 안에 검은 고약을 바른 다음 짐을 꾸려서 내 행운의 야영지를 떠난다. 이제 저 앞에 솟은 야트막한 언덕을 넘어야 한다.

걷기 시작한 지 스물세 날이 지났다.

내가 어디에 있는지 모르겠다.

어디로 가는지도 모르겠다.

언제인지 알 수 없지만 경로를 벗어나고 말았다. 바위 군집도 훨씬 드물어졌다. 이따금 그런 군집에서 표식을 발견하긴 하는데, 내가 찾는 십자 모양 옆에 빗금 세 개가 그어진 게 아니어서 따라가 봤자 소용이 없다. 어쩌면 예전에 썼던 표식일 테고, 아니면 다른 부족이 새긴 거겠지. 어떻게 알겠어?

사막이 나를 삼켜 버렸다.

깨끗이 인정해야 한다, 내가 실패했다는 걸.

그저께, 나는 이제 그만 포기하고 야영지로 돌아가기로 마음먹었다.

그래서 낮에는 바위 그늘 아래 쉬면서 힘을 모으고, 해가 지고 난 뒤에는 하늘을 열심히 관찰하며 걸었다.

나는 내가 옳은 방향으로 가고 있다고 확신했다. 별들을 보며 북쪽이 내 뒤에 있다는 걸 알아냈고, 수시로 뒤를 돌아보며 옳은 길에서 벗어나지 않았다는 걸 확인했다. 꼬박 이틀 밤 동안 그렇게 걸었다.

하지만 내가 해낸 일이라고는, 길을 더 완벽하게 잃어버린 것뿐이다.

내 앞에 펼쳐진 검붉은 평원이 그 증거다. 나는 이런 곳에 발을 들여놓은 적이 없다. 여기 모래는 알이 굵어서 자꾸 살갗을 벗겨 내고 샌들 밑창을 갉는다.

나는 별을 보고 방향을 찾기를 포기했다.

지금은 집으로 돌아가는 길을 알려 줄 지표나 단서를 찾는 데 온 신경을 집중하고 있다. 비스듬히 돌아가고, 방향을 바꾸고, 세 시간 동안 걷고, 다시 방향을 틀고. 결국 같은 자리만 빙빙 도는 중이다.

엄마는 무슨 생각을 할까? 체념했을까? 내가 사냥꾼들을 쫓아간 줄은 알까?

당연히 알겠지.

랑시엔에게 가 봤을 테니까.

그리고 트위다는, 그 애는 분명히 속으로 웃을 거야. 그 애가 지금 나를 본다면, 땟국물 줄줄 흐르고 입술에 두껍게 딱지가 앉은 나를, 먼지투성이 옷차림으로 길을 잃고 헤매는 나를 본다면! 내가 고분고분 행동하지 않을 때마다 그러던 것처럼 또 그 커다란 눈과 고상한 몸짓, 완벽한 몸매를 뽐내며 고개를 절레절레 흔들겠지. 그 애는 탐스러운 머리칼을 손으로 쓸어 넘기면서 우리 엄마를 위로한답시고 어깨를 다독이며 이렇게 말하겠지. "나부대지 말고 가만히 있으라고 내가 그렇게 일렀거든요." 유감스럽다는 웃음을 흘리며 그 애는 곧 자기 몽상 속으로 돌아가 솔라와의 결혼, 드레스, 새 천막 그리고 밤새 야영지를 들뜨게 할 춤판을 생각하겠지.

그만.

내가 미쳐 가는구나.

트위다 따위가 뭐가 중요해.

지금 중요한 건, 앞으로 가는 일뿐이야.

야영지로 돌아가는 것.

그것만 하면 돼.

그리고 믿어야 하고.

뭘 믿어?

내가 쓰러지지 않게 붙잡아 줄 모든 것.

조금 전부터 내 오른편 시야를 가로막고 선 큰 바위산을 따라 걷고 있다. 결국 산을 올라가 보기로 결정한다. 저 높은 곳에서는 더 잘 보일 테니, 내가 아는 바위나 사구를 찾을지도 모른다.

배낭이 어깨를 짓누른다. 이상하게 더 무거워진 기분이 든다. 사실은 매일 조금씩 더 가벼워지는데. 그래도 한동안 버틸 수 있는 양은 충분하다. 다 계산해 두었다.

막대기를 잘못 짚어서 미끄러지는 바람에 발목이 또다시 삐끗하고, 나는 균형을 잃은 채 나얹어진다. 몸을 일으키자 무릎에 다홍색 멍이 얼룩덜룩하고 모래알이 점점이 박혀 있다. 나는 모래를 툭툭 털고 다시 바위산을 오른다. 숨이 가쁘게 차오른다.

잠시 멈춰서 산소를 마셔야 한다.

땀으로 범벅이 된 채 바위산 정상에 다다른다. 등이 뻐근하다. 나는 먼지가 뽀얗게 내려앉은 두건을 풀어 툭툭 턴 다음 축축한 이마를 닦는다. 그러고는 크고 둥근 돌더미 위에 올라앉아 탁 트인 전망을 살핀다.

저기, 하늘과 땅이 만나는 부근에 대기가 붉고 뿌옇다.

나는 호흡이 빨라진다.

모래 폭풍이 곧장 나를 향해 몰려온다.

마치 산 하나가 새로 솟아오르는 것처럼, 거대한 괴물이 광분해서 달려드는 것처럼, 거인 같은 화마가 핏빛을 내뿜으며 번져 오는 것처럼.

모래를 휘모는 바람은 위력이 엄청나다.

가만있다가는 질식하고 말 것이다.

빨리! 주위에 흩어져 있는 돌덩이들이 내가 의지할 수 있는 유일한 피난처다. 나는 그리로 얼른 달려가 배낭을 땅바닥에 내던진 뒤, 단백질 바들이 조금 쏟아져 나오지만 나중에 줍기로 하고, 일단 돌덩이 하나를 굴리려 힘껏 밀어 본다. 돌의 맨질맨질한 표면에서 손바닥이 자꾸 미끄러진다. 돌덩이는 겨우 내 머리의 두 배 정도밖에 안 되는데도 너무 무거워서 꼼짝을 하지 않는다. 나는 한쪽 다리를 땅에 뻗대고 온몸으로 돌을 떠민다.

격노한 폭풍이 달려온다.

담을 쌓아야 한다. 대충이라도 쌓아서 그 아래에 몸을 숨겨야 한다. 나는 힘을 모으려고 기합을 넣어 가며 돌덩이를 더 세게 떠민다.

돌이 흔들리고, 나는 용기가 붙는다. 드디어, 다른 돌덩이가 있는 곳까지 돌이 굴러떨어지고, 굴러가면서 더 작은 돌들까지 몰아간다.

폭풍은 벌써 중간 지점까지 몰려왔다.

나는 쭈그려 앉은 채로 이 고집불통 돌덩이들을 굴려 그런

대로 한 줄로 만든다. 그런 다음 더 작은 돌들을 그 위에 쌓아 틈새를 채운다. 이제 작은 담장이 완성된다. 나는 배낭을 주워 들어 잘 때 덮는 담요를 꺼낸다. 이 담요를 몸에 두르고 그 안에 공기를 가둘 것이다.

나는 배낭을 다시 등에 둘러멘다. 혹시 모래 속에 파묻히더라도 배낭이 없으면 안 되니까. 쏟아진 식량도 주우면 좋겠지만 지금은 그럴 때가 아니다. 부디 모래 속으로 사라지지만 않기를.

손이 떨린다. 아니, 온몸이 부들부들 떨리고, 사나운 바람소리처럼 공포가 나를 휘감는다.

나는 배낭에서 산소통을 하나 꺼낸다.

어쩔 수 없다. 나는 막대기를 두 동강으로 부러뜨린다.

폭풍이 달려온다.

그 사나운 포효가 귀에 쟁쟁하다.

나는 돌담에 등을 대고 앉아, 담요를 머리 위로 끌어당겨 어설프긴 해도 제법 요긴할 작은 천막 모양을 만든다. 광풍 속에서 꼼짝 못 할 때 이 안에서 숨을 쉴 수 있을 것이다.

갑자기 가슴이 쿵 내려앉는다.

이번에는 꿈이 아니다.

나는 허리를 세우고 담요를 슬쩍 젖힌다.

야수 한 마리가 20미터쯤 앞에서 타박타박 걷고 있다. 폭풍의 기세 속에서도 놈의 발톱이 모래를 내딛는 소리가 들린다.

나는 주변을 둘러보며 무리가 더 있는지 찾아본다. 야수들은 보통 떼를 지어 다니니까. 그런데 놈은 혼자다.

혼자이지만 크다. 육중하다.

야수에게서 시선을 떼지 않은 채, 나는 막대기를 향해 손을 뻗는다. 이미 두 동강이 나 버렸지만, 하나를 집어 들고 서서히 몸을 일으킨다.

놈은 굶주렸다. 검은 반점으로 얼룩덜룩한 허연 가죽 위로 내 팔처럼 긴 갈비뼈들이 툭툭 불거졌다. 등에는 혹이 나서 척추 한가운데가 불룩 솟았다. 털로 덮인 두 귀는 내 쪽으로 쫑긋 세우고, 머리는 앞으로 수그리고 있다. 위에서 나를 내려다보는 것이다. 눈이 까맣다. 새까맣다. 하얀 기미가 전혀 없다. 불그스름하고 두툼한 혓바닥이 반쯤 벌어진 주둥이 속에 늘어져 있고, 그 안쪽으로 이빨이 보인다. 누런 이빨들. 거대한 이빨들.

이제 나는 가망이 없다.

놈이 걸음을 늦추더니 멈춰 선다.

3미터 거리다.

짧은 막대기가 내 축축한 손바닥에서 자꾸 미끄러지고, 나는 더 세게 움켜쥔다.

그러고는 높이 들어 올려 이글거리는 허공 속에서 휙휙 소리 나게 휘두른다.

"저리 가! 저리 가라고!"

야수는 꼼짝하지 않는다.

별안간 모래 구름이 내 머리 위로 지나가며 대기를 할퀴고 내 몸을 앞으로 떠민다.

모래가 춤을 추면서 마구 날뛰고 돌풍을 일으키며 정신없이 회오리를 쳐 댄다. 모래가 몰려들고 대기가 부옇게 흐려지더니 곧 파란 하늘이 사라진다.

나는 정신을 집중한다.

야수가 몸을 웅크린다.

나는 숨을 크게 들이쉬고 막대기를 들어 올린다.

놈이 펄쩍 뛴다.

나는 기다리고, 놈은 순식간에 엄청난 순발력으로 솟아오른다. 나는 몸이 굳어 버리고, 놈은 몸을 쭉 뻗는다, 길게 뻗는다, 내게서 한 번도 눈을 떼지 않은 채 크게 벌린 아가리가 코앞까지 다가오고, 자, 지금이야, 나는 한쪽 구석으로 몸을 피하면서 온 힘을 다해 막대기를 휘둘러 놈의 볼때기를 후려갈기고, 날카로운 비명이 대기를 찢는다.

엄청난 양의 모래가 우리 머리 위로 쏟아져 내리고, 갑자기, 세상이 캄캄해진다.

한바탕 무시무시한 소란이 벌어진다.

모래가 얼굴을 아프게 갈긴다. 나는 아무것도 보이지 않고, 귀를 찢는 요란한 암흑 속에 빠져 있는데 야수가 으르렁거린다, 이 아수라장 속에서도 다 들릴 정도로 사납게, 이제 일어선 게 틀림없다, 느껴진다. 나는 이 모래폭풍 한가운데서 놈의 위치를 알아내려 애쓰지만 전혀 불가능하고, 공포가 나를 뒤흔든다, 빠져나갈 길이 없다, 나는 몸을 돌려 달리기 시작한다, 죽을힘을 다해, 곧장 앞으로.

나는 자갈 위에 미끄러지고, 나동그라지고, 다시 일어나 달린다.

으르렁대는 소리가 뒤에서 쫓아온다.

모래 알갱이가 눈에 들어가고 콧구멍 주위 살갗이 벗겨진다. 숨이 막히지만 악착같이 버틴다.

아빠처럼 죽고 싶지 않아.

갑자기 땅이 기울더니 발이 제멋대로 뻗어 나가고, 나는 바위산 언덕에서 알 수 없는 곳으로 마구 달려 내려간다. 모래가 뺨을 할퀴고 배낭이 등 뒤에서 퉁퉁 튀어 오른다.

나는 균형을 잃지 않으려고 두 팔을 벌린다.

더 이상 내가 어디에 있는지도 알 수가 없지만, 어쩔 수 없다, 무조건 달리는 수밖에, 야수에게서 도망쳐야 하니까. 숨소리가 바로 가까이에서 들린다. 야수도 달리고 있는 것이다. 광풍의 포효 한가운데서 숨을 헐떡이며. 나는 바위에 부딪힌 뒤 급경사를 발꿈치로 질질 끌면서 내려가고, 손바닥이 죄 까지고, 어느 순간 몸을 발딱 일으켜 다시 힘껏 질주해 나간다.

혼돈의 아수라장 속에서, 성난 어둠의 한복판에서, 나는 몸을 바짝 긴장시킨 채 속도를 높이고 보폭을 성큼성큼 벌린다.

어서, 사마아, 어서, 폭풍은 네 편이야!

갑자기, 질주하는 내 무게에 짓눌린 모래 속으로 한쪽 발끔치가 쑥 처박히는가 싶더니, 땅이 그대로 꺼져 버린다.

달려오던 속도에 떠밀려 나는 허공 속으로 굴러떨어진다.

너무 놀라 외마디 비명을 지르고, 눈을 질끈 감은 채 곧 닥쳐올 충격을 기다리지만, 마치 세상에 바닥이라는 것도 높이라는 것도 별안간 없어진 것처럼, 공중에서 속도가 한없이 느려진 것처럼 충격은 좀처럼 일어나지 않고, 심지어 이런저런 생각을 할 시간마저 있어서 나는 이제 다시는 엄마를 보지 못할 거라고, 솔라도 보지 못하고 실도 고르지 못할 거라고 생각한다, 왜냐하면 나는 죽을 테니까. 그래도 충격을 줄이려면 몸을 웅크려야 할 거야, **곧 충격이 닥칠 테니** 머리도 보호해야 하고.

지독하다.

돌에 부딪히면서 어깨가 부서지고, 살갗이 찢어지고, 거기서 다시 튀어 다른 단단한 바위로 등이 내동댕이쳐진다.

정신이 혼미한 상태에서도 나는 이 끔찍한 추락을 멈추려고 돌을 붙잡고 매달려 보지만 손톱이 미끄러지고, 배가 긁혀 상처가 나고, 그 와중에도 몸을 동그랗게 말아 두 손으로 머리를 감싸 쥔 채 그런대로 재주를 구르며 떨어지는데, 추락은 도무지 끝날 기미가 보이지 않는다.

그렇게 재주를 넘다가 발목이 뚝 부러지는 느낌이 나고, 나는 부들부들 떨면서 가만히 멈춰 버린다.

땅이다.

살았다.

곧 야수가 덮칠 것이다. 야수가 그 날카로운 이빨을 내 팔이나 다리에 박아 넣을 테고, 그러면 끝일 테지.

나는 가쁜 숨을 몰아쉬며, 기다린다.

그러나 야수는 오지 않는다.

그런데 분명 저기 있다. 어쩔 줄 모르는 듯 낑낑거린다. 놈의 소리가 들려!

기침을 하고 싶다. 모래 알갱이가 입으로, 목구멍으로, 콧구멍으로 잔뜩 들어갔다. 온몸 구석구석에 끔찍한 통증이 몰려온다.

나는 꼼짝하지 않는다.

여기는 뭔가 이상하다. 모래도 많지 않고. 마치 폭풍이 내가 누워 있는 이곳까지 휩쓸지는 못한 것처럼.

야수는 뭘 하고 있지?

이 깊은 바닥으로 뛰어들 엄두를 못 내는구나!

내가 너무 높은 곳에서 떨어지는 바람에 내려오기가 위험한 거고, 잘못했다간 야수도 몸이 성하지 못할 테니까.

그렇지만 놈은 굶주렸다. 어떻게든 시도해 볼지 모른다.

죽은 척을 해야겠다.

놈의 울음소리가 작아진다. 다시 커지고. 다시 작아지고.

나는 계속 꼼짝하지 않는다.

이상하리만치 서늘한 땅바닥에 몸을 웅크린 채, 나는 고통을 억누르기 위해 입술 안쪽을 깨문다. 심장이 발목 안에서 쿵쾅거리고, 어깨 통증이 몸 안쪽으로 퍼져 나간다. 맥박이 뛸 때마다 칼로 찌르는 듯이 아프다. 누가 벌겋게 달군 숯으로 후려치는 것 같다.

바람이 여전히 사막을 괴롭히지만, 그것도 더 멀어져 가는 느낌이다.

이제 그 요란한 소리가 잠잠해진다.

고요가 찾아든다.

나는 지금껏 단 한 번도 눈을 뜨지 않았다.

가까이에서 어떤 낯선 속삭임이 들린다. 내가 알지 못하는 언어로 중얼거리는 소리.

거기 누구예요?

나는 입을 헹구고 코에서 모래를 빼내고 싶지만, 중얼거리는 소리가 계속 이어져서 감히 움직일 엄두가 나지 않는다.

하지만 시간이 조금 흐른 뒤에 두 팔 사이에서 머리를 들어 보기로 마음먹는다. 멀쩡한 데가 없어 온몸이 쑤시고 아프지만 몸을 펴고 주위를 슬쩍 살핀다.

하늘이 다시 파랗다.

천천히 고개를 돌리자 머리 밑에서 수많은 모래 알갱이가 사각거린다. 나는 목을 길게 내민다.

여기는…… 어마어마하게 큰 구덩이 바닥이다. 연갈색 돌로 된 내벽이 솥단지처럼 안으로 휘었다. 나는 족히 몇 미터는 될 저 위쪽, 구덩이 입구를 살핀다. 햇빛에 눈이 부시다.

야수는 없는 것 같아.

그리고 다시 옆으로 몸을 굴리는데 갑자기 어깨가 부서지는 것처럼 우지끈한다. 나는 얼굴을 찡그린다. 도저히 견디기 힘든 고통이다. 그런데 순식간에 통증이 잦아든다. 일부러 어떻게 하지는 않았지만, 탈골됐던 어깨를 방금 제자리에 맞춰 넣었나 보다.

나는 한숨을 내쉰다.

이번에는 한쪽 팔꿈치에 몸을 기대고 발목을 살펴보려 하는데, 정작 내 관심은 다른 것에 쏠렸다.

거대한 어떤 것.

겁에 질린 나는 다시 몸을 웅크린다.

저건 너무 크잖아! 나를 공격할까?

이 괴물이 나를 공격할 작정이었다면 벌써 했을 것이다. 아직 나를 보지 못했을 뿐이라면? 나는 정신을 집중해 저 어떤 것을 향해 신경을 곤두세운다. 맙소사, 아까부터 중얼거린 녀석의 정체가 바로 저거였어!

주위에 다른 움직임이 느껴지지 않아서 나는 용기를 내 괴물을 다시 유심히 살펴본다. 펄럭이는 조그만 깃발 같은 것들이 놈의 머리를 뒤덮고 있다. 머리? 그러니까 저게 동물이라면 말이다.

그런데 왜 다가오지 않을까?

위에서 한바탕 돌풍이 불어닥친다. 이미 떠난 폭풍의 뒤꽁무니를 쫓아가는 늦바람이다. 이 늦바람이 붉은 모래 한 줌을 실어 와 땀에 젖은 내 머리칼과 괴물 머리에 붙은 조그만 깃발 같은 동물들을 괴롭힌다. 이 동물 하나가 떨어져 나온다. 그러고는 마치 구조를 요청하듯 허공에서 빙글빙글 돌지만 추락을 면하지는 못하고, 결국 내 발치에, 다친 발목 왼쪽 옆에 떨어진다.

움직이지 않는다. 죽었나 보다.

나는 손을 뻗는다. 조금 망설이다가 살짝 주워 들어 자세히 들여다본다.

그리고 웃음을 터뜨린다.

이런 바보!

그래, 아프고 무섭지만 나는 웃는다. 야수가 다시 생각을 바꿀지도 모르니까, 너무 크지는 않게.

나는 이 작은 동물 같은 것을 엄지와 검지 사이에 놓고 이리저리 돌려 보며 관찰한다. 이 생김새는 뭔가 떠오르게 한다!

이건 동물이 아니야!

잎사귀야!

그럼 저 괴물은! 아, 아, 아!

나무잖아!

나무, 진짜 나무, 아무 도움 없이 나 혼자 찾아낸 나무! 이렇게 늦게 알아채다니 머리를 어디에 부딪힌 게 틀림없어! 그러니까 지금 나는 구렁 바닥에 있는 거야!

게다가 나무가 쓰러져 있지도 않아, 태어나서 처음 봐, 나무가 이렇게 내 앞에, **서 있어**!

땅에 박혀 있는 굵은 다리는 엄청 튼튼하고, 수백 개도 넘는 팔을 뻗어서 하늘을 잡으려 하고 있어.

부족 사람들이 나를 얼마나 자랑스러워할까!

그리고 솔라도! 솔라는 내가 부러워서 미칠 거다!

나는 나무를 좀 더 꼼꼼히 뜯어본다.

다리는 하나밖에 없지만 크기가 어마어마하다. 그 위에는 크고 넓은 왕관이 얹혀 있다. 꽤 무겁겠는걸. 그런데도 머리채가 살아서 노래하고 춤추는 것처럼 하늘하늘하다. 왕관은 무수히 많은 작은 초록 잎사귀로 이루어졌는데, 마치 손에 손가락이 다닥다닥 붙어서 바람결에 팔랑거리는 듯하다.

색깔이 푸르뎅뎅한 것이, 자꾸 부어오르는 내 발목 부위와 거의 똑같다. 이 혹은 살짝 스치기만 해도 마치 안에 칼날이 박혀 있는 것처럼 소스라치게 아프다. 그래도 발가락은 꼼지락거릴 수 있으니, 그렇게 심각하지는 않다.

구렁은 드넓은 타원형이고, 바닥 면적이 우리 야영지 절반 정도는 돼 보인다. 내벽은 매끈매끈하고, 높이는 적어도 10미터나 11미터쯤 되겠다.

일어나서 걸어 보고 싶지만, 몸을 앞으로 기울이는 순간 발목이 참을 수 없을 만큼 아프다.

이 발목으로는 내 무게를 버티지 못한다. 나는 다시 앉는다.

그렇다 해도 이렇게 모래 위에 주저앉아 세상이 끝날 때까지 기다릴 수는 없다! 더구나 여기는 뙤약볕인 데다 내 두건은 몇 미터 저쪽에 떨어져 있다.

나무 아래는 그늘이 널찍하다.

나는 너덜너덜 찢어진 샌들을 벗는다.

그리고 이를 악물고, 튜닉을 잡아당기며, 나무 아래로 기어간다. 작은 모래알들이 상처를 더 찢고 거기에 들러붙지만, 그래도 조금씩, 이글거리는 모래 위를 기어간다.

드디어 얼굴이 나무 그늘 아래로 들어가고, 타들어 가던 두뺨이 겨우 진정된다. 나는 다시 기고, 비로소 그늘이 내 몸 전체를 덮는다. 나는 눈을 감는다. 만약 눈물이 남아 있었다면, 몸이 아프기는 해도 행복의 눈물을 흘렸을 것이다.

하지만 목이 너무 말라서 눈물도 말랐다.

한번 더 힘을 내 보자.

좋아, 준비됐어.

나는 생살이 드러난 손바닥을 짚으며 기어가 나무 앞에서 허리를 세우고 앉는다. 다시 무릎으로 일어나 비척비척 다가

간 다음, 조심스레, 나무 몸통을 만져 본다.

피부가 두껍고 우툴두툴하다. 아니, 나무는 피부가 없다. 랑시엔은 다른 단어를 썼는데 뭐였는지 정확하게 기억나지 않는다.

이런, 내가 랑시엔을 생각하다니!

내가 사냥꾼이었다면 이 나무를 베어다가 랑시엔에게 가져갈 텐데. 가져가서 그녀가 틀렸다는 걸 입증할 텐데. 나무는 한 가지 쓸모밖에 없다. 대도시에 팔려 가서 우리를 먹여 살리는 거.

이 나무는 몸통이 얼마나 굵은지, 끌어안았는데도 두 팔이 다 둘러지지를 않는다. 손끝이 닿기는커녕 반도 두르지 못한다.

느낌이 포근하다.

나는 몸통을 놓고, 등에서 배낭을 내린 뒤 나무에 기댄다.

튼튼하다. 바위처럼 단단하다. 내 머리 위에서는 잎사귀들이 팔랑팔랑 콧노래를 부르고, 그 사이사이로 햇살이 스며든다. 나는 고개를 치켜든다. 태양이 산들거리는 잎사귀들과 장난을 친다. 이따금 강렬한 빛줄기가 잎사귀들을 뚫고 반짝 빛난다. 마치 윙크하듯이.

제일 낮은 나뭇가지들도 제법 높다. 내가 저기까지 올라갈 수 있어야 할 텐데.

나는 고개를 숙이고 가지들이 땅에도 묻혀 있는 것을 본다. 이 가지들은 거칠고 뒤틀린 형태를 여기저기서 드러냈다가 다시 땅속 깊숙이 파묻힌다. 이런 땅속 가지 하나를 따라가 보니 5, 6미터쯤 앞에서 지면 위로 올라왔다가 다시 땅속으로 들어가 영영 모습을 감춘다. 이 땅속 가지들이 하늘로 뻗은 왕관 가지들보다 훨씬 길다.

그러니까 나무는 몸통과 그 위아래 끝에 달린 가지들로 이루어진다. 전에는 전혀 몰랐던 사실이다. 나는 또다시 랑시엔을 생각한다. 아, 뿌리! 물을 붙잡고 있다는 뿌리, 그게 이거였어!

나는 한참 낄낄거리고, 내 콧소리는 구렁을 둥글게 감싼 절벽을 타고 울린다. 발끝으로 모래를 툭툭 차 본다.

바짝 말랐다.

여기 물이 어딨어.

나는 물병을 꺼내 입 안에 젤리 물을 한 방울 떨어뜨리고, 다시 두 방울, 세 방울, 목이 너무 말라서 네 방울째 떨어뜨린다. 그리고 질겅거린다. 몽클몽클한 물질이 침에 섞이고 곧 액체가 된다. 물에 모래가 씻겨 나오지만 그냥 삼켜 버린다. 한 방울도 낭비할 수 없으니까.

나는 나무 몸통에 머리를 기댄다.

눈을 감는다.

해가 저문 지 오래다. 몸을 옆으로 돌려 본다. 나는 나무 발치에 누워 있고, 빰이 모래 속에 박혀 있다. 추위와 발목 통증이 심해서 잠에서 깼다.

온몸이 아프지 않은 데가 없지만 그래도 기분은 조금 나아졌다. 한동안 이렇게 푹 잔 적이 없는 것 같다, 정말로. 나는 다시 일어나 앉아 나무에 등을 기댄다.

창백한 달이 거의 보름이 다 된 얼굴로 하늘을 밝히고, 내가 있는 곳을 비스듬히 비춘다. 한밤의 정적 속에서 나무가 훨씬 크게 보인다. 어둑어둑한 왕관이 별들을 가리고 있다.

희미한 바람에 흔들리는 잎사귀 소리 말고는 살아 움직이는 게 전혀 없다. 나는 안전하다. 다행이다, 이제 막대기도 없는데.

담요도 더는 없다. 야수를 만났던 바위산에서 미처 챙기지 못했다. 너무 추워서 몸이 덜덜 떨린다. 하지만 몸을 비벼서 따뜻하게 할 수조차 없다. 살갗이 온통 찢어진 상처와 피딱지 범벅이다.

발목이 심하게 부었다. 발목이 임신을 해서 곧 발을 낳으려는 것처럼 생겼다. 바보 같은 생각에 웃음이 난다. 이곳에 갇혀 있으니 앞으로는 웃을 일이 많지 않을 것이다. 내가 혼자 나를 웃겨야 한다.

나는 다시금 발목을 살핀다.

부러진 것 같지는 않다. 솔라네 옆 천막에 사는 아비아가, 그러니까 크랄에게 물려 죽은 아이의 엄마가, 언젠가 발목이 부러졌었다. 커다란 물 가죽 부대를 머리에 이고 가다가 땅에 떨어진 막대기를 잘못 밟아서 몸이 균형을 잃었다. 한쪽 발에 무게가 쏠렸고, 그 순간 발목이 옆으로 꺾여 뼈가 뚝 부러졌다. 그 일은 보기 망측하고 이상하기도 했다. 아비아는 어른인데도 엉엉 울면서 이렇게 소리를 질러 댔다. “어떤 잡놈이 막대기를 여기다 버려 놨어! 사막이 그 멍청한 놈이랑 그놈 어미 아비까지 싹 다 쓸어 갔으면 좋겠다!” 그와른이 그녀를 치료했다. 그는 대도시에서 들여온 막대기들을 톱으로 잘라 부목을 만든 다음, 튼튼하게 꼰 실로 발목에 고정해 주었다. 아비아는 몇 달 동안 절룩거린 끝에 겨우 발목 뼈가 아물었다.

나도 똑같이 하면 된다. 다 나을 때까지 그렇게 오래 걸리지 않기만을 바라면서. 이런 발목으로는 절벽을 기어오를 수 없다.

나는 나무의 무성한 가지들을 다시 한번 관찰한다. 가지 하나가 꽤 유용할 것 같다.

엄청 높긴 하지만.

나는 구깃구깃한 봉지에 든 단백질 바를 하나 꺼낸 다음 뜯어서 먹는다. 식량을 잃어버렸다. 많이. 지금 바위산 모래 속 어디쯤에 묻혀 있겠지. 단백질 바를 내 앞에 죽 펼쳐 놓고, 희부연 달빛 아래 남은 개수를 센다. 쉰일곱 개 남았다. 하루에 하나씩 먹는다면 57일을 버틸 수 있다. 발목이 그때까지 다 나을까? 이 깊은 수렁에서 빠져나갈 수 있을까?

여기까지 오는 데 28일이 걸렸다. 돌아가는 데는 며칠이 걸릴까? 나는 한숨을 쉰다.

당장은, 일단 쉬어야 한다.

나는 나무에 바짝 붙어서 그럭저럭 태아 자세로 웅크린 다음, 아쉬운 대로 배낭을 담요 삼아 몸 위에 얹고 잠을 청한다.

몽롱한 의식이 어렴풋이 돌아오다가 갑자기 정신이 번쩍 든다. 무슨 소리지? 이 소리는 뭐야? 여기가 어디…….

잎사귀들이잖아!

나는 나무에 기댄다. 나무의…… 껍질! 이게 랑시엔이 쓰던 말이었어! 나무는 피부라고 하지 않고 껍질이라고 하는 거야. 어떤 껍질은 약이 되고, 어떤 껍질은 독이 된다고. 이 껍질이 좋은 쪽인지 어떻게 알까?

움직이고 싶지만 몸이 말을 듣지 않는다.

나는 등을 대고 쓰러져 눕는다. 머리 바로 위에 우거진 나무 왕관이 공중에 걸린 천막 구실을 한다. 내 시야 가장자리로 노란빛이 감도는 퍼런 하늘이 한 뼘만큼 보인다.

여명이다. 새날의 기별. 이제 추위도 끝났고, 모래 위를 기어 다니는 이 불안한 기운, 인간이 어쩌지 못하는 이 유령 같은 기운과의 공존도 끝났다. 꿈도 악몽도 끝이 나고, 희망도

회복의 시간도 끝이다. 부서질 듯 여린 이 순간은 겨우 몇 분밖에 지속되지 않는다. 그래서 이토록 마법 같은 것이다. 그러고 나면 하늘은 금세 환하게 밝아지고, 한낮으로 가는 통로가 활짝 열린다.

깨어 있어서 좋다.

야영지에서는 여자들이 곧 아침을 준비할 테고, 천막을 연 뒤에 서로 소리쳐 부르며 하루 일과를 분담하겠지. 누가 실을 잣고, 누가 천을 짜고, 누가 저녁 공동 식사와 랑시엔의 포타주를 준비할지. 새로 태어난 아기가 있다면 그의 안부도 주고받을 것이다. 더러는 천막 앞에서 머리를 빗으며 위로 틀어 올리거나 땋기도 할 테고. 그러면서 온갖 수다를 떨겠지. 우리 엄마도 거기에 끼어 있을 것이다. 아마도.

야영지를 떠난 뒤로 아침에는 늘 울적해진다. 가끔은 엄마를 떠올리려 애를 써도 엄마 얼굴이며 미소, 목소리, 미간의 주름이 잘 기억나지 않는다. 또 가끔은 머릿속으로 엄마에게 이런저런 수다를 늘어놓으며 엄마 생각에만 매달려 있다가, 사랑한다고, 그렇지만 떠나야만 했다고, 부디 엄마가 나를 이해해 주고 용서해 주면 좋겠다고 말한다. 나는 엄마에게 시시콜콜 온갖 이야기를 풀어놓고, 그러고는 운다.

하지만 야영지에서는 아침이 좋았다.

여자들은 이웃끼리 비밀을 속닥거린다. 서로 천을 비교하고, 그러다가 비위가 틀리고, 화내고, 삿대질하고, 땅에 침을 뱉고, '불여우' '정신 나간 여편네' 어쩌고 하는 말들이 오가고, 서로 악을 쓰고, 끝내는 지나가는 사람들까지 불러 세운다. 그러다 문득 싸움이 시들해지고, 여자들은 손으로 입을 가린 채 쿡쿡 웃는다. 나는 그런 입방아가 짜증스러웠지만 가끔은 재미있었다. 여자들은 간밤에 누구랑 누구가 사랑을 나눴다느니, 누구 남편이 몸이 좋다느니, 아니면 아무개가 병이 났는데 배 속에서 가스가 얼마나 요란하게 부글거리던지 온 부족 사람들이 다 잠을 설쳤다느니 하면서 낄낄거린다. 사실, 나는 그녀들의 수다를 잘 이해한다. 나 또한 그들의 세계에 속해 있고 그 세계를 잘 알기 때문에, 거기서 나를 보기 때문이다.

물론 내가 **그들과 한자리에** 있지는 않았다. 나는 우리 천막 안에 숨어서 눈에 띄지 않는 침침한 구석에 웅크리고 있었다. 엄마는 내가 거기 있다는 걸 알면서도 아무 말 안 했다. 미성숙한 몸 때문에 금지당한 자리를 훔치도록 놔둔 것이다. 머리가 짧은 여자애는 본래 그런 수다에 절대로 낄 수가 없다. 그렇지만 상관없다. 거기 꼭 끼고 싶었던 건 아니니까. 나는 그냥 듣기만 해도 충분했다.

태양이 떠올랐다. 태양이 저 위에 있다는 게, 하늘의 제왕이 곧 가혹한 열기를 내뿜으며 사막을 지배하려고 벼르는 게 느껴진다. 지금 당장은 밤이 남기고 간 차가운 어둠을 씻어 냈을 뿐이다. 아마 사구가 가려서 아직 구렁 안에 미치지 못하고 있을 것이다.

목이 마르고 춥다. 태양이 나를 이글이글 태우겠지만 그래도 어서 하늘 높이 올라 꽁꽁 언 내 몸을 덥혀 주면 좋겠다.

나는 땅에 떨어져 있는 배낭을 주워 들어 마지막 남은 젤리 물병을 꺼낸다. 필요한 물을 턱없이 부족하게 계산하지는 않았는지 불안하다.

너무 심하게 아끼면 나는 죽을 거야.

충분히 마시지 못하면 나는 죽을 거야.

나는 세 모금을 마신다. 젤리 물맛에 익숙해져야 하는데 몽클몽클한 액체가 혀에 닿는 순간 **웩**, 역겨움이 올라온다. 이 느낌은 금방 날아가 버리긴 하지만, 마실 때마다 똑같이 느껴지는 것은 어쩔 수 없다.

그런가 하면 가죽 부대에 담긴 물을 마실 때는 저절로 웃음이 난다. 그 물은 한 줄기 시원한 바람처럼 내 몸을 타고 내려간다.

발목 살갗이 찢어질 듯 팽팽하다. 징그럽다.

나는 머리를 땅에 대고 눕는다. 아무 의욕도 나지 않는다.

갑자기 절벽 꼭대기가, 그러니까 야수가 서성대던 곳, 내가 굴러떨어졌던 곳이 환하게 빛난다.

구렁 입구의 가늘고 눈부신 빛 테두리.

나는 빛줄기가 조금씩 내려오는 모습을 관찰한다.

숨 한 번 들이쉬는 동안 빛이 조금 더 다가들고.

숨 한 번 내쉬는 동안 다시 조금 더 다가들고.

태양은 잠시도 움직임을 멈추지 않는다. 절벽이 적갈색에서 빛나는 황토색으로 바뀐다. 절벽도 이제 잠에서 깨어난다.

나는 옆으로 굴러 나무 그늘에서 벗어난다. 곧바로 열기가 내 몸을 감싼다. 나는 감은 눈 위에 한쪽 팔을 올리고 땅 위에 그대로 누워 있다. 태양이 내게서 밤의 찬기를 벗겨 낸다.

햇볕이 너무 뜨거울 때 나는 다시 나무 밑으로 기어간다.

오늘 할 일. 발목 고정하기.

나뭇가지가 땅바닥에 잔뜩 널려 있다. 마치 나무에서 손톱 조각들이 떨어져 나온 것 같다. 그러나 부목을 만들기에는 너무 가늘다.

단단한 가지 네다섯 개만 찾을 수 있으면 좋겠는데……. 아무래도 일어나야 되겠다. 하지만 당장은 말고. 지금은 햇볕이 너무 강해서 나무 그늘 아래 피신해 있다.

몸의 긴장이 풀린다.

나는 거대한 나무 몸통에 등을 기댄다.

째는 듯한 통증이 조금 누그러진다.

배가 아프다.

배낭을 땅에 내려놓는다. 여기엔, 아무도 없으니까. 없을 테니까. 나는 조금 더 멀리까지 가서 모래를 파고 쭈그려 앉는다.

갑자기, 땅바닥 높이에서 뭐가 움직이는 게 눈에 띈다.

마주 보이는 절벽에 구멍이 하나 있다.

나는 바로 바지를 추켜올리고, 뒤로 물러나 기다린다. 밭은 숨을 몰아쉬면서.

없다.

조심하고 또 조심하면서, 몸을 기울여 구멍을 자세히 들여다본다. 동그라미 여러 개가 컴컴한 구멍에서 빛을 반사한다. 다닥다닥 붙은 동그란 눈들이다. 또 동물일까?

만약에 크랄이라면 벌써 나를 덮쳤겠지. 더구나 크랄은 눈이 저렇게 많지 않다! 하지만 해로운 동물은 크랄 말고도 분명 더 있을 거다.

망설여지지만 저것의 정체가 뭔지 확실히 해 둬야 한다. 나는 힘이 풀려서 걸음마를 배우는 아기처럼 엉거주춤 움직인다. 어쨌든 위험한 동물과 구렁에서 같이 지낼 수는 없다.

돌멩이를 주워 들어 구멍을 향해 던진다.

작은 눈들이 사라진다.

겁이 많은 동물이네.

좋았어.

나는 원래 자리로 가서 애초에 하려던 일을 끝내고 모래로 덮는다. 그리고 구멍의 반대쪽에 있는 나무까지 절룩절룩 돌아간다.

어떤 미세한 움직임이 나를 사로잡는다. 나무 껍질이 움직이다니. 나는 두툼한 껍질을 자세히 뜯어본다. 아니다. 껍질이 아니라, 티끌만 한 미물들의 행렬이 나무 몸통을 오르락내리락하는 중이다. 말도 안 돼! 수천 마리나 되는데 여태껏 있는 줄도 몰랐다니! 이 미물들은 다리가 여섯 개이고 보이지 않는 길을 따라 움직이는데, 되게 바빠 보인다. 저 조그만 머리 위로 나뭇잎 부스러기를 이고 가기도 한다.

이따금 이런 종류의 미물이 하늘에서 야영지로 떨어질 때가 있었다. 정확히 똑같지는 않다. 야영지에 있는 건 날아다녔다. 등에 길고 반투명한 날개가 달렸고. 이 미물들이 내려앉으면 여자들은 가차 없이 뭉개 버렸다. 이 미물들의 출현은 불행의 징조이기 때문이다. 여자들은 샌들을 벗어 들고 미물이 완전히 짓이겨질 때까지 모래를 후려쳤다. 그런 다음에는 자세를 바로 하고 이마에 동그라미를 그려 불행을 내쫓았다. 그럴 때 내가 옆을 지나가기라도 하면 나까지 붙잡아다가 눈에 보이지 않는 동그라미를 그려 주었다. 이 미물을 본 사람은 누구나 예외 없이 이 의식을 치러야 했다.

우리 아빠는 늘 그게 바보 같은 짓이라고 말했다.

그런데 아빠가 마지막 사냥을 떠났을 때 그것과 비슷한 미물 여러 마리가 야영지에 날아들었다. 심지어 한 마리는 솥 안에 내려앉기까지 했다.

그리고 아빠는 영영 돌아오지 않았다.

아빠가 죽고 얼마 지나지 않아 미물 한 마리가 트위다네 천막 바로 옆에 떨어졌다. 그걸 보자마자 나는 누구에게 도움을 구할 것도 없이 스스로 이마에 동그라미를 그렸다.

그때는 뮈르파로 떠나기 전이어서 야영지에 있던 랑시엔이 나를 보았다. 랑시엔은 얼굴을 찡그리며 내 행동을 흉내 내더니 요란하게 웃어 젖혔다. 사람들이 무슨 일인가 싶어 우리 쪽으로 몸을 돌렸다. 랑시엔이 내게 다가와 말했다.

"멍청한 것! 그런 건 옛날에는 어디에나 있었어. 땅속에도, 하늘에도, 땅바닥에도! 볼레들은 죽음이 아니라 생명을 가져다줘! 볼레들 덕분에 열매가 맺히고, 곡식이 자라고, 나무가 자랐으니까. 그런데 인간들이 다 오염시켜 버려서, 볼레들은 결국 모두 사라지고 말았지. 지금 어떻게 됐는지, 우리를 좀 보거라! 인간들 꼴이 어떤지! 더 이상 숨을 쉴 수 없어서 죽어가고, 아무것도 아닌 작은 볼레나 무서워서 떨잖니!"

그녀는 말을 마치고는 내가 당연히 항변할 줄 알고 기다렸다. 천만에, 나는 그녀에게 그런 즐거움을 주지 않았다. 나는 한 마디도 하지 않고 주먹만 부르쥔 채 자리를 떠나 버렸다.

아빠를 잃은 사람은 랑시엔이 아니다. 그 괴팍한 노인네는 겨우 이를 잃었을 뿐이지. 그리고 남이야 볼레가 불행을 가져온다고 믿든 말든.

나는 이 조그만 미물들을 관찰한다. 볼레라고 했던가, 아무튼 '잘난 척' 랑시엔 여사에 따르면 그 비슷한 이름이었다. 옛날 세상에는 이런 게 어디에나 있었다는 말도 믿기 어렵다. 더구나 나무를 자라게 했다니! 지금 내 눈앞에 있는 볼레들은 겨우 잎사귀 부스러기나 옮기고 있을 뿐이고, 그게 다인데!

나는 땅바닥에서 작은 나뭇가지를 하나 줍는다. 그 끝으로 미물 한 마리를 톡톡 건드린다. 그의 걸음이 다급해진다. 나는 다시 집적거린다. 미물은 보이지 않는 적을 향해 앞발을 쳐든다. 이 동물도 위험하지는 않은 듯하다. 내게 공격을 받은 미물은 나무 몸통 뒤로 에돌아서 제 동족을 따라 땅바닥에 난 구멍들 속으로 사라져 버린다.

이제 나도 모르겠다. 될 대로 되라지. 나는 볼레 한 마리를 잡아 입 안에 넣는다.

그리고 씹는다.

버석거린다. 맛은 끔찍하다. 쓰기도 하고, 뭐라고 설명할 수 없는 톡 쏘는 냄새가 난다. 여러 번 침을 뱉고 이로 혀를 긁어 내는데도 계속 얼얼하다! 어우, **구역질 나.**

이 볼레는 아무도 못 먹어!

랑시엔은 옛날 사람들이 동물을 먹었다고 우긴다. 사냥꾼들도 어느 날 야수를 먹으려고 해 본 적이 있다. 그들의 판결은 단호하고 명료했다. 고기에서 죽음의 냄새가 난다는 것이다.

한 사람은 끝까지 씹어 삼켰다가 죄 토하기까지 했다.

랑시엔의 헛소리 하나 더 추가.

노인네, 뮈르파에서 영영 썩어 버렸으면.

내 구렁을 탐사할 시간이다. 나는 주변을 조사하기 위해 나무를 붙잡고 몸을 일으킨다. 희한하게 생긴 돌들이 바닥 여기저기 널려 있다. 마치 시간에 쓸려 고색을 띤 잊힌 머리통 같다. 작은 것도 있지만 어떤 것은 내 키보다도 크다.

구렁의 상태를 정확히 파악해 두려고 나는 절룩거리며 내벽을 따라 돌기 시작한다. 표면에 거칠거칠한 데가 거의 보이지 않고, 특히 안쪽으로 휘어져 들어간 곡률이 장난이 아니다.

여기서 나가는 일은 악몽이 되겠다.

나는 동그란 눈망울들이 도사리는 굴 앞을 지나면서 깨금발로 뛴다. 저기 사는 동물이 아무리 겁쟁이라 해도 내 다친 발목을 그의 사정거리에 둘 수는 없다.

내벽 둘레를 아직 다 돌아보지는 못했지만, 발돋움을 하고 두리번거리다가 크고 둥근 바위들 뒤로 비죽비죽 나와 있는 얇은 가지들을 본다.

나무가 또 있나?

절뚝절뚝 앞으로 가면서 계속 절벽의 상태를 살펴본다. 정말이지 매끄러워도 너무 매끄럽다.

나는 뒤를 돌아보며 눈망울들이 사는 땅바닥 높이의 구멍을 바라본다.

저기 있다, 반짝반짝 빛을 내며 나를 감시하는 한 다발의 눈망울.

나는 느릿느릿 움직인다. 태양은 높이 걸려 있고, 작열하는 빛줄기가 등을 지져 댄다. 나무 아래를 빼면 그늘이라고는 전혀 없다.

이러다가는 죽기 전에 저 바위들 뒤에 뭐가 있는지 알아……냈어, 덤불이야! 나는 일부만 봤을 뿐이고, 실제로는 되게 많다. 적어도 큰 천막 두 동 면적은 너끈히 되겠다!

절벽 가까이에 뾰족한 바위가 하나 있다. 그 뒤에서 무슨 소리가 흘러나온다.

맑고 투명한 소리. 살랑대는 나뭇가지보다 부드러운.

어루만지듯이 감미로운.

나는 다시 발목을 질질 끌며 앞으로 나아간다. 땀이 줄줄 흐르고, 닥치는 대로 아무 데나 붙잡아 손바닥이 여기저기 긁히고 찢어진다.

멜로디가 가까워진다.

나는 하늘을 향해 넓게 우거진 덤불을 에돌아 걸으면서, 이쪽 가지들은 가늘고 잘 휘는 반면 저쪽 가지들은 굵고 억세다는 특색을 확인하고, 연초록의 좁다란 이파리들을 만져 본다.

아빠는 덤불이 아무 쓸모가 없다고 말했지만, 나는 부목으로 쓰기에 안성맞춤인 덤불을 한 그루 찾았다.

이 덤불의 위치를 모래 위에 십자 모양으로 표시해 두고 멜로디가 들리는 방향으로 계속 절룩이며 다가간다.

드디어 뾰족 바위를 지나고, 나는 가만히 멈춰 선다. 내 앞에 평평한 터가 펼쳐지고, 그 위로 절벽과 하늘 한 귀퉁이가 투명하게 비친다. 그 표면에는 주름이 인다. 절벽 틈새에서 떨어지는 맑은 액체 때문이다.

물이다.

그러니까 **그게** 이렇게 생겼구나! 사냥꾼들이 열심히 찾는 그 보물! 나는 지금껏 가죽 부대에서 흘러나오는 물밖에 보지 못했다. 아니면 젤리처럼 가공된 형태나. 넓은 터에 가득 담긴 물을 보기는 이번이 처음이다. 이렇게 고요하고 잔잔하다니. 마치 곤히 잠든 여인 같아.

나무 한 그루, 물.

그리고 이 기적 같은 일을 순전히 나 혼자 해냈어!

나는 허리를 숙이다가 소스라친다. 물속에 누가 있어! 그러고는 이내 웃음을 터뜨린다. 후유! 아니잖아, 아무도 없어! 나를 보고 놀라다니! 물이 꼭 거울 같아서, 내 얼굴을 그대로 비춰 준다!

나를 바로 알아보지 못한 건 얼굴이 온통 상처와 멍 투성이여서다. 턱에 상처가 크게 나서 줄무늬가 생겼다. 오른쪽 광대

뼈는 찢어지고, 두건은 엉터리로 묶인 채 한쪽 옆으로 흘러내렸다. 나는 억지웃음을 한 번 짓고 더는 뜯어보지 않기로 한다.

물은 반투명하다. 바닥은 모래로 되어 있고, 초록색 기다란 털들이 표면을 향해 하늘하늘 솟아 있다. 나는 손을 뻗는다. 물에 닿는 감촉이 끝내준다. 시원하고 부드럽고. 이번에는 진짜로 웃는다. 팔꿈치까지 물에 담그고 초록 털들을 가볍게 건드려 본다. 간지럽다. 털들이 맥없이, 느릿느릿, 최면을 걸듯이 쉬지 않고 움직인다. 마치 분홍 돌에 불을 붙일 때 불길이 하늘로 널름널름 솟아오르는 것처럼. 꼭 별에 사는 보이지 않는 누군가를 애타게 만나고 싶어 하는 것처럼. 이 초록 털들은 동물은 아니고, 물 덤불쯤 되는 것 같다. 손을 오른쪽 왼쪽으로 휘저으면, 물이 저항하면서 나를 한발 늦게 쫓아왔다가 다시 뒤로 물러난다. 물이 내 손을 따라 노래를 부른다.

이 순간을 엄마와 함께할 수 있다면 얼마나 좋을까! 아빠는 틀림없이 이런 물 웅덩이를 봤을 것이다. 지금 나처럼 아빠도 물과 놀았을까? 아니면 가죽 부대만 채우고 또 채우느라 구렁 깊은 곳에 숨어 있는 물과 사귀어 볼 여유가 없었을까?

이제는 아빠에게 질문을 할 수 없다. 어떤 질문도.

나는 팔을 빼고 얼굴을 물에 담근다. 하지만 숨을 들이쉬자 물이 콧속으로 들어가서 머리를 홱 빼고는 기침을 해 댄다.

이런 바보! 물속에서는 숨을 쉴 수가 없잖아! 그런데 랑시엔의 말에 따르면, 어떤 동물들은 그럴 수 있었다고 한다.

밤샘 모임이 열리면 랑시엔이 자주 발언을 한다. 아니, 했었다. 사냥꾼들이 지난 원정에 관해, 훌륭했던 등반에 관해, 야수나 태풍을 마주쳤던 일에 관해, 우울한 모래사막을 끝없이 가로지른 기나긴 행군에 관해 무용담을 들려줄 때면 랑시엔은 늘 한심해 죽겠다는 표정으로 사냥꾼들을 노려보았다.

그러고는 조바심치는 헛기침이 잦아들고 완벽한 고요가 찾아오면 그제야 빛바랜 숄을 어깨에 두른 채, 사막 바람에 오래도록 시달린 카랑카랑한 목소리로 옛날 세상을 설명해 주었다.

어느 날, 랑시엔은 물에 관해 말한 적이 있다. 아빠도 살아 있을 때였다. 아빠는 엄마와 손깍지를 낀 채 나란히 앉아 모닥불의 분홍 불길에 얼굴이 환하게 빛나고 있었다.

랑시엔은 국가인가 뭔가 하는 단어를 자주 썼다. 나는 그 세상이 어떤 모습이었을지 상상해 보려 했다. 바다가 있었고 또 강이라는 요동치는 물도 있었다. 랑시엔은 사람들이 거기서 몸을 씻거나 피부가 반짝이는 동물들을 잡았고, 또 물이 비가 되어 하늘에서 떨어져 생명을 무르익게 했다는 이야기도 했다.

활활 타오르는 모닥불에 몸이 따뜻해져, 나는 엄마 가슴에 기댄 채 스르르 눈을 감았다. 그러고는 랑시엔이 말한 온갖 물의 세계 속으로 잠겨 들었다. 나는 폭포가 "요란하게 웃음을 터뜨리며 그 속에서 어떤 단조로운 선율을 정확하게 반복"하는 감미로운 광경과, 급류를 일으키는 물의 격렬하고 치명적인 힘을 생각했다. 내 상상 속에서 돌로 덮인 골짜기가 하얀 거품을 일으키며 콸콸거리는 모습은 어린 여자아이의 알록달록 반짝이는 꿈을 닮아 있었다.

나는 이 이야기를 사람들이 설화를 믿듯이 믿었다. 자유로이 흐르는 물이란 그저 관심에 목마른 이 빠진 노인네가 지어낸 이야기일 뿐이었고, 별이 총총한 하늘 아래 우리에게 소곤소곤 들려주는 자장가에 지나지 않았다.

진실은, 내가 열두 살인데, 여기 있는 이런 물을 여태 한 번도 본 적이 없다는 것이다.

진실은, 햇살 알갱이들이 와서 타닥타닥 부서지는 이 아담하고 투명한 물웅덩이가 내가 이제껏 상상할 수 있었던 그 무엇보다 훨씬 아름답다는 것이다.

대도시 사람들은 왜 물을 찾아서 땅 밑으로 그렇게 깊이 내려가는 걸까? 이렇게 내 눈앞에도 있는데. 젤리 물 대신 이 맑은 물을 마시는 게 백배는 더 좋겠다.

그러나 대도시 근처에는 구렁이 없다. 오로지 모래뿐이다. 아주 오래전에 어떤 거인이 세상에 이런 드넓은 식탁보를 펼쳐 두고 사라진 것처럼. 거인은 자기 뒤에 쓰레기만 남긴 채 떠났고, 그런 식으로 우리를 버렸을 것이다.

대도시가 자꾸 생각난다. 대도시는 물과는 정확히 반대다. 칙칙하고, 뽐내기 좋아하고, 꾸밈이 많고, 숨 막히게 하는 데다 위협적이다. 물은 단순한데. 타워에 사는 사람들도 이런 물을 마실까? 그들은 누구길래, 대체 얼마나 대단한 일을 했길래 하늘을 독차지하게 됐을까?

아빠가 내게 읽기를 가르치기 시작한 곳이 바로 거기, 대도시다. 캄캄한 지하 터널에는 빛이 들어오는 표지판과 게시판이 띄엄띄엄 달려 있었다. 대부분은 꺼져 있었지만, 아주 가끔 지직거리며 깜박이는 것들도 있었다. 그전까지 나는 전기 램프나 표지판을 전혀 본 적이 없어서 무척 신기했다. 우리 부족 사람들은 막대와 돌로 불을 지피기는 하지만, 그것들은 워낙 귀한 자원이어서 우리는 밤샘 모임을 할 때가 아니면 태양의 리듬을 따른다.

아빠는 내게 글자를 가르쳐 주었다. 그리고 날마다 조금씩, 글자들을 어떻게 조합해서 머릿속 생각을 눈앞에 나타나게 하는지 알려 주었다. 물론 생각뿐 아니라 사물을 나타나게 하는 방법도. 이 어둠의 공포에도, 구역질 나는 악취에도, 그토록 단순해 보이는 읽기라는 행위를 나는 일곱 살의 깜냥으로 이렇게 헤아렸다. 읽는다는 건 여기에 없는 것을 생겨나게 한다고. 내가 처음으로 어떤 낱말을 읽었을 때 느낀 충격이 지금도 생생하게 기억난다. **식-탁**. 더듬거리며 이 낱말을 읽어 낸 바로 그 순간, 식탁의 모양이 내 머릿속에 불쑥 떠올랐다. 이 식탁은 분명 존재했지만, 동시에 존재하지 않기도 했다!

그 뒤로 나는 읽기를 도무지 멈출 수 없었고, 그곳을 떠날 때까지 어름어름 읽고 또 읽었다. 아빠는 언제나 참을성 있게 나를 도와주었다.

다른 사람들은 아빠를 놀렸지만 그건 어디까지나 장난이었다. 아빠가 아들을 원했다는 걸 모르는 사람은 없었으니까. 실제로 아빠는 아들을 셋을 낳았지만, 태어나자마자 죽거나 아니면 얼마 못 가 죽었다. 나 역시 그 사실을 잘 안다. 어느 날 밤에 엄마 아빠가 하는 얘기를 들었다. 둘은 최대한 소곤소곤 말했지만, 나는 다 알아들었다. 아빠는 지금 곁에 있는 아이가 나뿐이니까 자기가 아는 모든 걸 내게 가르치기로 마음먹었다. 이 아이는 딸이지만, 좋아, 그래서 결코 사냥꾼이 될 수 없겠지만, 그래도 머리만큼은 아들자식 못지않게 채워 주겠어.

아빠가 내게 장대에 오르는 법을 가르칠 때도 아빠 친구들은 비웃었다. 엄마는 내가 유난스러운 아이로 자라는 게 전적으로 아빠 책임이라며 아빠의 방식에 반대하고 나섰다. 남들 앞에서도 엄마는 아빠가 내게 글을 읽히는 데 대해, 나 같은 성미의 계집아이에게 아무 쓸모도 없는 그런 재주를 가르치는 데 대해 아빠를 날카롭게 쏘아붙이곤 했다. 나에게는 천 짜는 일을 가르치는 편이 백번 낫다고도 했다. 엄마가 다른 여자들까지 지원군으로 끌어들인 덕분에, 아빠는 그 무리 안에서 모두가 인정하는 놀림감이 되었다.

하지만 엄마는 내가 모래 위에 그려진 음절과 기호를 읽어낼 때면 평소보다 더 활짝 웃었다. 그리고 우리가 장대 위에 올라갔다가 땀에 흠뻑 젖은 채로 신이 나서 돌아오면 아빠를 그 어느 때보다 더 세게 끌어안았다.

여자들과 온갖 입방아 속에 혼자 남겨진 가엾은 엄마. 엄마는 사랑하는 남편을 잃었고, 매 순간 딸을 기다리고 또 기다려야 한다.

내가 대체 무슨 생각을 하고 있었지?

다시 나무 아래다.

배가 어찌나 꾸르륵거리는지 누가 안에서 발길질을 해 대는 것 같다. 듣지 말아야지.

덤불 밭에서 가늘고 잘 휘어지는 가지들과 좀 더 단단한 가지들을 꺾어 왔다. 나는 아무 도구가 없다. 그래서 약한 가지 끝은 쉽게 잘랐지만 내 엄지손가락보다 굵은 가지를 꺾을 때는 정말 장난이 아니었다! 잡아당기고, 빙빙 돌리고, 지지누르고 생난리였다.

살아 있는 목재는 냄새가 되게 희한해서 뭐라고 설명해야 할지 모르겠다. 바람에 머리카락이 날리는 느낌이랄까. 굵은 가지를 하나 더 꺾고 나서, 각각 더 작은 조각으로 잘라 얼추 길이가 같은 토막 여덟 개를 얻었다.

물가에서는 다른 덤불도 찾았다. 줄기가 낭창거리고 잎이 좁은 덤불이다. 이것도 몇 줌 꺾어 왔다. 지금 나는 이 가는 덤불로 부목을 발목에 붙들어 맬 작은 끈을 꼬고 있다. 까다롭긴 하지만, 잎사귀들을 엇갈리게 놓으면서 차례차례 엮어 나간다. 꽤 그럴듯하다!

부목을 만들어 발목에 대는 데 꼬박 이틀이 걸렸지만 결과가 마음에 든다. 이제 참고 기다리는 일만 남았다. 여기서 빠져나가려면 멀쩡한 발목이 필요하니까.

덤불밭에 또 가서 짧고 튼튼한 가지를 하나 주워 왔다. 걸을 때 짚고 다닐 지팡이다.

이 작업을 축하하는 뜻에서 단백질 바를 하나 먹었다. 위가 어찌나 좋아하던지. 이제 54개 남았다. 남은 개수를 자주 센다. 어떨 때는 하루에 몇 번씩도 센다. 그런다고 달라질 건 없지만, 이만큼 남았다는 걸 알면 마음이 놓인다. 하루에 먹는 양을 매일 엄격하게 제한하기란 힘든 일이다. 배가 자꾸 아우성이다.

구렁을 다시 한 바퀴 돌았다.

도저히 오를 수 없는 사방의 절벽 앞에서 너무 겁먹지 말자.

이제는 나무 위를 기어 다니는 미물들을 관찰하면서 많은 시간을 보낸다. 배고픔을 잊기 위해서다. 볼레들로 가득한 세상은 어떤 모습일까? 보나마나 온 천지가 쉴 새 없이 움직이겠지. 이 티끌만 한 미물들처럼.

엄마도 이 미물들을 보면 좋겠다. 얘들이 마치 되게 중요한 볼일이 있다는 듯 바쁘게 돌아다니는 모습을 보면서 같이 웃을 수 있으면 좋겠다. 엄마도 이런 볼레들을 본 적이 있을까? 나무는? 꼿꼿이 서 있는, 살아 있는 나무를 본 적이 있을까?

미물 하나가 팔에 떨어져서 내 살갗을 깨문다. 아니면 쏘는 건가, 모르겠다. 나는 내가 무얼 하는지도 모른 채 미물을 뭉개 버린다.

끔찍한 공격을 받은 미물은 발이 오그라들고 머리 위에 달린 가는 것들이 바르르 떨리더니, 끝.

완전히 뻗었다. 미동조차 없다.

이런 바보, 그냥 조그만 볼레일 뿐인데. 하지만 나 때문에, 나쁜 징조를 믿는 다른 여자들처럼 내가 간단히 뭉개 버린 탓에 이렇게 죽은 볼레를 보니까 마음이 슬퍼진다. 이 미물들은 그토록 진지하고 주의 깊게 줄을 맞춰 잎사귀 조각을 나르지만, 동시에 한없이 약하기도 하다. 나는 손가락 하나로 이런 미물 수백 마리를 죽일 수 있다.

인간 수백 명을 죽일 수 있는 손가락도 있을까?

눈망울은 절벽 아래 갈라진 틈 속에서 꼼짝하지 않는다.

나는 그에게 말을 한다.

오늘은 내가 부목으로 무얼 했고 발목에 어떻게 묶었는지 그리고 어떻게 풀어서 물웅덩이에 발을 씻었는지 설명해 주었다. 또 첫 번째 끈이 끊어질 경우에 대비해 예비 끈을 두 개 꼬아 놓았다는 것도.

깊은 구렁 속에서 모래나 바위 위에 엉덩이를 대고 앉아, 나는 생각에 빠진다. 하늘을 보고, 볼레들을 보고, 생각을 한다.

머릿속으로 밀려드는 단어들을 입으로 말하면 기분이 좋아진다.

처음에 최초의 음절이 입에서 빠져나와 허공으로 퍼져 나갈 때는 어색하다. 내 목소리가 내벽을 튀어 날며 이 거대한 구렁 속에서 높고 가늘게 울리는 게 당황스럽기 때문이다. 하지만 단어들이 바깥으로 흘러 나가고 나면 머리가 한결 가벼워진다는 사실을 알았다. 그러니 눈망울에게 말하지 않을 이유가 없지. 이 동물에게 귀가 달렸는지는 모르겠지만, 그런 건 아무래도 좋다.

나는 눈망울에게 아빠가 죽은 뒤로 엄마가 더는 웃지 않는다고 말한다. 이따금 선웃음 같은 걸 짓긴 하지만, 그건 예전에 목청을 흔들어 대던 웃음이 아니다. 물론 아빠가 있을 때도 늘 웃기만 하지는 않았다. 아빠가 사냥을 떠나 있을 때는 덜 웃었다. 그러다가 아빠가 돌아오면…….

그러면 나도, 나도 웃었다. 모든 것이 더 즐거웠다. 아빠는 내게 장난을 잘 걸었고, 소리 없이 슬쩍 다가와 나를 놀라게 하면 나는 소스라쳐서 비명을 지르곤 했다. 엄마는 덩달아 비명을 지르고 웃음을 터뜨렸다. 아빠는 그토록 애지중지하는 책을 꺼내 와 내가 더듬거리거나 잘못 읽을 때, 'b'와 'd'를 혼동할 때 나를 슬쩍슬쩍 놀렸다. 우리는 모르는 낱말이 나오면 그것이 실제로 어떻게 생겼을지 상상했다. '작은 콩'[•]은 무슨 색깔이었을까? 정말 작았을까? 만약에 컸다면 '큰 콩'이라고 불렀을까?

아빠가 죽은 뒤 내가 다시 웃기까지는 시간이 걸렸지만, 어쨌든 나는 웃음을 되찾았다. 솔라는 나를 웃기기를 좋아했고, 얼굴을 일그러뜨리는 재주로는 당해 낼 사람이 없었다. 또 터무니없는 얘기를 잘도 늘어놓았고, 나를 바보 같은 놀이에 끌어들이기도 잘했다. 이를테면 하늘에 침을 뱉고 나서 다시 입으로 받는다거나, 아니면 빈 산소통을 맞힌다거나. 그러다가 솔라는 사냥꾼이 되었고 내 웃음은 다시 사라졌다.

구렁 안에 갇힌 나는 웃고 싶지만, 웃을 일이 없다. 길을 잃

• petits pois, 완두콩을 가리키지만, 직역하면 '작은 콩'이라는 뜻이다.

었고, 다쳤고, 여기에서 어떻게 빠져나가야 할지 모르고, 구멍 속 깊은 곳에 사는 눈망울에게만 얘기하고 있다.

저녁이다. 냉기가 구렁 안으로 스민다. 냉기는 온기를 몰아내려 하지만 바위들이 햇볕을 모아 둔 덕분에 내게는 아직 약간의 유예가 남았다. 더는 버티기 힘들어지면 나무둥치에 가서 웅크릴 것이다.

담요 없는 밤은 정말 혹독하다. 적어도 한 번은 꼭 잠에서 깨는데, 그러면 일어나 어둠 속에서 팔을 휘두르고 무릎을 들어 올려 가며 열심히 움직인다. 그런 뒤에는 조금 따뜻해진 듯한 착각 속에서 다시 잔다.

공기는 움직이지 않고, 잎사귀들은 잠잠하다.

내 숨소리와, 내 손이 벌건 피부를 긁는 소리밖에 들리지 않는다.

구렁 전체가 너무 적막하다. 내가 죽었다고 해도 믿겠다. 아빠도 이렇게 느낄까? 텅 빈 느낌? 적막감?

아빠는…… 아팠을까?

엄마가 그와른에게 물은 적이 있다. 아빠가 고통스러워했느냐고. 그와른은 시선을 떨구었다.

죽으면, 어떤 느낌일까?

나는 죽지 않았다. 살아 있다. 하늘을 뚫고 나오기 시작한 별들이 내게 그렇다고 말해 준다.

눈망울 한 다발이 구멍 속에서 반짝인다. 나는 더 잘 보려고 몸을 숙인다.

사냥꾼들을 뒤쫓아 달릴 때는 계속 움직였다. 땅이 내 뒤꿈치 아래에서 휙휙 지나갔고, 나는 앞으로 나아갔다.

여기, 구렁에서는 세상이 미동조차 하지 않는다. 나는 티끌처럼 작다.

길 잃은 미물.

발목이 여전히 아프고 통증 때문에 며칠째 잠을 설쳤지만, 그래도 부목이 효과를 나타내기 시작했다. 때때로, 통증이 느껴지지 않는다.

반면에 살갗은 아직도 퉁퉁 부은 상태고, 색깔이 미친 노을처럼 변해서 지금은 자줏빛과 누런빛이 발등까지 퍼져 있다. 알록달록 내 발목.

날마다 샘에서 물을 마신다. 이러다 내가 다 마셔 버리는 건 아닐지 걱정되지만, 당장에는 절벽에서 물이 끊임없이 흘러나오니까 괜찮다.

단백질 바가 쉰 개 남았다.

여기에 갇혀 지낸 지 이레째.

덤불밭에서 기다란 잎사귀를 한 아름 꺾어 와 밧줄을 엮고 있다. 다친 발목에 부목을 대는 데 쓰는 그런 작은 끈이 아니다. 이번에는 잎사귀를 꼬아 만든 끈들을 다시 하나로 엮어서 굵은 밧줄을 만든다. 크고 튼튼한 밧줄.

손을 바쁘게 놀릴 때면 나는 야영지에 가 있다.

샘이 내게 눈물을 돌려주었다.

밧줄을 계속 꼬는 중이다.

길이를 재 보았다.

나무 몸통을 한 바퀴 두르려면 아직도 멀었다.

돌로 절벽을 깨서 발 디딜 홈을 파 보려고 했다. 아주 미미하게라도 굴곡진 부분이 보이면 무조건 돌로 내리쳤다.

번번이 내가 쥔 돌만 깨지고 손에서 피가 났다.

절벽은 겨우 부스러기가 조금 떨어지고는 끝이었다. 발목이 나은 뒤에 내 발 앞꿈치를 디뎌 볼 정도는 전혀 못 되었다.

기어올라 갈 수 없다면, 여기서 어떻게 나가지?

태양이 밤을 몰아냈다. 나는 단백질 바를 하나 먹은 뒤에 나무의 왕관 아래로 몸을 피했다. 튜닉 위로 우둘투둘한 나무 표면이 느껴진다. 맨땅 위에서 누워 잔 탓에 허벅지와 엉덩이가 뻐근하다. 나는 손으로 아픈 부위를 문지른다.

엮다 만 밧줄이 내 옆에 있는데, 내 손목만큼이나 두껍다. 이만하면 꽤 잘 만들었다.

샘에 가서 물을 마시고 몸을 담가야겠다. 어제도 물속에 들어가 누워 있었다. 그 끝내주는 기분이란! 햇볕이 너무 강하게 내리쬐면 이제는 샘에 들어가서 몸을 식힐 수 있다. 지금 나처럼 호사를 누려 본 여자가 몇 명이나 될까? 없지!

하, 하! 내가 의기양양하게 소리치고, 마치 수많은 '작은 나'가 내 말을 따라 하듯이 수많은 '하'가 구렁 가득 흩어진다.

돌멩이가 굴러떨어지는 가벼운 소리에 나는 멈칫 굳어 버린다.

먼저, 야수를 떠올린다. 하지만 소리가 너무 약했다. 소리를 낸 녀석은 무겁지 않다.

나는 엉거주춤 몸을 일으켜 지팡이를 짚고 자세를 가다듬는다. 정면에 있는 구멍을 힐끔 쳐다본다. 눈망울은 거기에 있다.

바깥을 경계하면서.

그러면 소리를 낸 건 눈망울이 아니라…….

왼쪽에서 뭔가 움직인다.

나는 놈을 봤다.

놈도 나를 봤다.

놈이 쉭쉭거리며 속도를 낸다.

기다란 몸이 불타는 모래 위에서 물결치듯 일렁이고, 땅을 힘차게 스치며 쉼없이 움직이는데, 나는 숨이 턱 막혀서 꼼짝도 하지 못하고, 뭘 어떻게 해야 할지 모른 채 가만히 서 있다. 무자비한 크랄은 나를 향해 거침없이 덤벼들고, 나는 놈을 후려쳐서 멈추게 할 긴 막대도 없고 시원찮은 발목으로 도망칠 수도 없는데, 놈은 우리 사이의 거리를 좁혀 오고, 돌진하고, 표정 없는 머리를, 냉혹한 살인자의 머리를 바짝 쳐들지만 나는 한 가지 생각밖에 나지 않는다. 치명적으로 덮쳐 오는 이것이 내 마지막이구나.

나는 나무에 몸을 기대어 짧은 지팡이를 휘두른다.

내 시야 한쪽 끝으로는 구멍 안쪽의 어둠 속으로 사라지는 눈망울이 보인다.

나는 혼자다.

몸서리나는 동물이 구불구불 미끄러져 오고, 나는 이제 놈의 세세한 특징을 알아본다. 얼룩덜룩한 피부에 세모난 머리, 혀는 두 갈래로 갈라져 입 밖으로 날름거린다.

크랄이 눈망울의 은신처인 절벽 틈새를 지나는 순간, 갑자기 거기서 웬 동물이 튀어나와 놈을 덮친다.

크랄이 순식간에 몸을 돌린다.

몇 발짝 거리를 두고 싸우는 두 동물을 모래 구름이 뿌옇게 덮는다.

나는 비척비척 나무 뒤로 몸을 피하고, 나무 몸통에 달라붙어 눈앞에 펼쳐지는 광경에서 눈을 떼지 못한다. 누르스름한 섬광, 먼지, 뿌연 형체, 둔탁한 소리, 검은 돌격, 채찍질, 번쩍이는 뾰족 끝, 쉭쉭대는 소리.

그리고 끝.

모래 구름이 서서히 가라앉는다.

나는 몸을 앞으로 숙인다.

눈망울의 정체는 소름 끼치는 동물이었다. 여덟 개의 길고 각진 다리가 타원형의 메마른, 거의 내 손바닥만 한 몸을 끌고 다닌다. 머리는 눈망울 때문에 터질 것 같다. 입은 열렸다 닫혔다 하는 강력한 집게 모양이다.

눈망울은 그 이상하게 생긴 턱 사이에 죽은 크랄을 물고서 자기 동굴로 끌고 간다.

여덟 개의 다리가 모래땅을 두드린다, **탁 탁 탁 탁 탁 탁**.

나는 땀에 흠뻑 젖었다.

구멍으로 돌아간 눈망울이 축 늘어진 내 최악의 원수를 끌어당기는 모습을 지켜보면서 나는 목멘 소리로 중얼거린다. "고마워." 그러고는 더는 두 다리로 서 있을 수가 없어, 그대로 땅바닥에 허물어진다.

눈망울이 내 목숨을 구했다.

아프다고 몸을 사릴 수는 없다. 손이 욱신거리고 손가락에서 피가 나도 나는 꾸준히 밧줄을 엮어야 한다.

샘까지 절뚝거리며 갔지만 목욕은 하지 않았다. 그럴 시간이 없다. 빈 산소통에 물만 채우고는 잽싸게 나무 아래로 돌아와 밧줄을 엮는다.

내가 이 작업을 멈추는 건 뿌리째 뽑아 온 덤불 줄기들을 뾰족하게 갈 때뿐이다. 호신용 막대기로 쓸 이 줄기를 뽑느라 괴성까지 질러 가며 온 힘을 끌어모았었다. 이제 이런 무기가 다섯 개 생겼다.

나는 끝이 뾰족하게 갈린 막대들을 놓아두러 지팡이를 짚고 구렁 속을 이리저리 다닌다. 하나는 내가 항상 지니고 다닐 거니까 빼고, 하나는 샘 옆에 둔다. 세 번째는 나무 밑동에, 나머지 두 개는 더 멀리, 절벽에 기대 놓는다. 놀랄 일이 또 생기더라도, 이제 최소한 들고 싸울 무기는 생긴 셈이다.

나는 다시 밧줄 작업으로 돌아온다.

모래 위에서 미끄러지던 크랄의 모습이 머릿속에서 떠나지를 않는다.

남자아이를 보내던 밤샘 의식이, 그 애 엄마의 파리한 얼굴이 다시 떠오른다. 그녀는 생명이 꺼진 아들의 작은 몸을 더는 보지 않으려고 영혼을 날려 보낸 것만 같았다.

눈망울이 거기 없었다면 나 역시 죽었을 것이다. 그리고 아무도 내 몸을 밤새 지켜 주지 못했겠지. 내 몸은 태양 아래 썩어 갔을 테고, 서서히 하얗게 바래다가, 끝내 사라졌을 것이다. 엄마도, 그 누구도 내가 어떻게 됐는지 영영 알지 못하게.

끔찍한 침입자와 맞닥뜨린 지 나흘이 지났다. 태양은 다른 편 세계를 불사르러 떠났다. 나는 배낭을 어깨에 잘 고정한 뒤 왼손에 쥔 밧줄을 나무 뒤편에서 앞쪽을 향해 크게 원을 그리듯이 던지고, 나무 앞쪽에서 오른손으로 다시 받아 낸다.

밧줄 양쪽 끝을 잡아당겨 본다.

괜찮다.

더 힘껏 당긴다.

끄떡없다.

이제 나는 나무 몸통을 휘감은 밧줄을 내 머리 높이로 끌어올린 뒤, 밧줄 양 끝을 잡고 몸을 뒤로 힘껏 벋대면서, 훌쩍 뛰어오른다.

나무 몸통에 수직으로 내려서고, 눈 깜짝할 사이에 밧줄에서 힘을 뺐다가 재빨리 더 높은 곳에 고정한다. 나는 몸통에 수직으로 선 채 다시 밧줄을 잡아당기면서 위로 오른다.

기어오르는 데는 이만한 방법이 없다. 장대 위에 오르는 요령으로 아빠가 나한테 가르쳐 주었다. 물론 야영지에서 사용하는 밧줄은 훨씬 짧은데, 그걸 쓰면 하도 익숙해서 거의 달리다시피 올라간다.

여기에서는 나무가 굵어 내 두 팔이 넓게 벌어지는 데다, 무엇보다 한 발로만 지탱하기가 쉽지 않다. 하지만 나무 몸통이 우툴두툴한 건 장점이다.

나는 오른쪽 맨발로 버티면서 다시 올라간다.

배낭이 등 뒤에서 덜렁거린다. 몸을 바짝 긴장시키고 조금씩 폴짝대면서, 나무를 정복하러 간다. 계속 힘을 주느라 팔이 욱신거리고 근육은 떨리지만, 그래도 잘 버티고 있다.

드디어 몸통 꼭대기, 굵은 가지들이 시작되고 갈라지는 지점에 다다랐다.

땀이 나서 손이 미끄러진다.

나는 밧줄을 단단히 쥐고 발가락을 나무에 야무지게 고정한 뒤, 숨을 한 번 크게 들이쉬고는 온 힘을 오른발에 실었다가 앞쪽으로 몸을 날린다.

나는 두 가지 사이에 매달리고, 허공에 발길질을 해 가며 가지 위로 기어오르는 데 성공한다.

됐다! 내가 해냈어!

나는 무성한 나무 왕관 안에, 가지들이 하늘로 뻗어 나가기 시작하는 지점에 앉아 있다.

주위를 둘러보니 마치 천막 안에 들어와 있는 느낌이 든다.

은신처에, 안전하게.

이제는 더 높은 곳까지 올려다보인다. 구렁은 훨씬 넓어졌다. 내가 잘 아는 느낌이다. 장대 위에 올라갈 때도 이런 느낌이었다. 그러나 지금은 다시 내려가지 않고 여기 있어도 된다. 게다가 힘들게 올라와서 숨이 차는데도 왠지 숨 쉬기가 더 편해진 듯하다.

두 가지 사이에 자리를 잡으면 떨어질 걱정 없이 등을 기댈 수 있을 것이다. 하지만 그러기 전에 나는 제일 굵은 가지를 골라, 그 위에 배를 깔고 엎드린 다음 최대한 높은 곳까지 기어가 본다. 내가 고른 가지가 가늘어지고 내 무게에 눌려 심하게 일렁이면 나는 몸을 일으켜 옆 가지로 옮겨 탄다.

이 나무는 엄청나게 크지만, 그래도 절벽은 여전히 범접할 수 없는 위용으로 나를 압도한다. 저 꼭대기, 구렁 입구 주변에 바위가 있다면 밧줄을 던져서 타고 빠져나갈 수도 있겠지만, 여기서는 보이지가 않는다.

나는 도저히 오를 수 없는 이 장벽을 찬찬히 살피면서 방향을 바꾸고, 시야를 가리는 잎사귀들을 뜯어 가며, 360도 사방을 꼼꼼히 확인한다.

출구가 없다.

단백질 바가 마흔네 개 남았다. 발목은 여전히 부어 있다. 일단은 여기 가만히 있을 생각이다. 식량도 아껴야 한다.

오늘은 굶어야지.

나는 등에서 배낭을 내려 몸을 더 따뜻하게 하려고 꼭 끌어안는다.

그리고 이내, 여전히 땀에 젖은 채로 가지 위에서 곯아떨어진다.

잠에서 깬다. 손으로 평평한 땅을 찾는데 아무것도 짚이지 않아 가슴이 쿵쾅거린다. 순간, 나는 내가 어디 있는지 잊고 고개를 두리번거린다. 그제야 나무 위에 올라왔다는 걸 기억해 낸다. 나는 맑은 정신으로 일어나 앉는다.

산소통이 몇 개 남았지만, 여기에서 지낸 뒤로는 필요했던 적이 없다.

나는 가방을 뒤적거려 단백질 바를 하나 꺼낸다.

한 입 한 입 맛을 음미하고, 오톨도톨한 알갱이를 하나하나 정성껏 씹는다.

오늘은 뭘 할까?

샘에 들어가자. 이제는 막대기들도 있고 나무에 오를 밧줄도 있으니 목욕을 즐길 만하다.

그다음에는 발목을 챙겨야 한다. 살살 돌려도 보고 근육을 단련하자.

절벽도 더 살펴볼 것이다. 미처 보지 못하고 지나친 돌기가 있다면 찾아내서, 발목이 나은 뒤에 밟고 올라갈 수 있게 준비해 둬야 하니까.

탈출할 방법이 있다고 믿고 싶다.

틀림없이 있을 것이다.

일정표 완성!

등이 아프다. 가지들이 너무 딱딱하다.

짚깔개도 하나 짤 수 있을지 모른다. 그보다 더 좋은 건 해먹이지! 구렁 안 어딘가에 걸 수 있을 거야!

솔라에게는 해먹이 하나 있다. 그 애가 열 살 때 생일 선물로 받았다. 그와른이 멋진 장치를 만들어 줘서 솔라는 땅에서 50센티미터 떨어진 공중에서 흔들거렸다. 그 애 엄마는 이 깜짝 선물을 해 주려고 집집마다 돌면서 자투리 천을 모아다가 며칠 밤을 꼬박 새워 바느질을 했다.

그날 내가 그 집 천막에 들어섰을 때 솔라가 내 두 눈을 가렸고, 나는 그 애가 시키는 대로 어기적어기적 앞으로 걸어갔다. 조심해, 발 들고, 아니, 왼쪽으로 조금 더……. 그 애의 몸이 내게 닿아 있던 기억이 난다. 그 애가 가렸던 손을 치웠고 나는 해먹을 보았다.

처음으로 해먹 안에 앉아 보려 했을 때 나는 뒤로 발랑 나자빠지면서 머리 위에 엉덩이가 올라앉은 꼴이 되고 말았다. 솔라는 배꼽을 잡고 웃어 댔다. 심지어 내가 일어날 수 있게 손을 내밀어 줄 생각도 않고서. 나는 그 애한테 똥대가리, 바보 멍텅구리, 썩은 쭉정이, 세상 쓸데없는 모래 알갱이라고 퍼부어 댔다. 그 애는 더 자지러지게 웃었다.

나중에 나는 조심조심, 둥글게 늘어진 부분의 한가운데에 앉아 천의 양쪽 가장자리를 잡은 다음, 안으로 깊이 들어가 천천히 몸을 펴고 누웠다. 그곳은 마치 세상으로부터 지켜 주는 비밀 은신처 같은 느낌이었다. 그다음에 솔라도 와서 머리를 나와 반대쪽에 두고 누웠다. 우리 다리가 뒤엉켰고, 내 한쪽 발이 그 애의 어깨를 건드렸다. 그 애가 웃었고, 나도 웃었다. 그 애의 몸이 내 몸에 맞닿은 채 움찔거렸다. 우리는 잠잠해졌다.

솔라는 팔을 뻗어 머리 위에 있는 고리를 잡고 천천히, 아주 천천히 해먹을 흔들었다. 오른쪽, 왼쪽, 오른쪽, 왼쪽. 처음에 나는 속이 울렁거리고 입이 말랐다. 하지만 조금씩, 눈이 감겼다. 솔라의 열기. 나는 허공에서 미끄러지고 있었다. 그 사뿐한 움직임이 내 몸의 리듬과 하나가 되었다. 기분이 좋았다. 나는 여행을 하고 있었고, 솔라도 함께였다. 우리의 노정은 가벼웠다. 우리는 보이지 않는 오솔길로, 가만히 다독여 주는 부드러운 흔들림 속으로 떠나고 있었다……. 그 흔들림은 내가 열이 날 때 이마를 어루만져 주는 엄마의 다정한 보살핌 같았다.

그 시간이 길게 이어졌으면, 우리 여행이 계속되었으면 좋았을 텐데. 그 애를 내 곁에 좀 더 오래 두었으면 좋았을 텐데.

그래, 해먹을 만들어 볼 수 있을 것이다.

나무에는 잎사귀만 있는 게 아니다. 가지에는 작고 납작한 주머니 같은 게 달려 있는데, 6, 7센티미터쯤 되어 보인다. 나는 손을 뻗어 하나를 딴다. 껍질이 보송보송해서, 꼭 천 같다.

주머니를 가로지르는 가늘고 긴 선이 보인다. 나는 거기를 째서 반으로 가른다.

안에는 작은 초록 알갱이들이 쪼르르 줄 맞춰 들어 있다. 이게 뭘까?

나는 망설인다.

랑시엔은 약이 되는 나무가 있고 독이 되는 나무가 있다고 했는데, 그건 껍질에 해당하는 얘기였을 것이다. 아빠는 덤불의 초록 알갱이들을 만지면 죽는다고 했다. 하지만 이 알갱이는? 이건 주머니가 감싸고 있으니까 다르지 않을까?

나는 계속 알갱이를 관찰하고, 킁킁 냄새도 맡는다. 하나를 으스러뜨린 뒤에 향을 깊이 들이마셔 본다. 냄새가 이상하기는 해도 나쁘지는 않다.

결국, 호기심이 이긴다. 나는 매끄럽고 보드라운 작은 알갱이들을 손에 모아, 입에 털어 넣고 씹는다. 맛은 그 부지런한 미물들처럼 역겹고 쓰다.

나는 모두 뱉어 낸다.

참 운도 좋다. 하필 못 먹는 나무 앞에 떨어지다니.

절벽은 꼭 트위다를 닮았다. 흠잡을 데 하나 없이 완벽한 게. 절벽이 거만을 떨며 내게 속삭인다. 내가 아무리 덤벼 봤자 절대로 자기를 이기지 못할 거라고.

정말로 그럴까 봐 무섭다.

너무 단단하고 매끄러운데 어쩌지? 나는 생각했다. 괜찮아, 내가 벽을 세워서 타고 올라가면 되지! 그래서 나는 큰 돌들을 절벽에 밀어붙여 토대를 만들었고, 지금은 며칠째 그 위에 작은 돌들을 얹고 있다. 머지않아 내 키보다 높아질 것이다. 하지만 대체 어디까지 가서 이런 식으로 돌들을 주워다가 비장하게 기합을 넣어 가며 던져 올려야 하나? 구렁은 깊이가 땅에서 적어도 10미터는 되고, 어쩌면 그보다도 더 될 텐데! 여기에는 그렇게 높이 쌓을 돌도 없잖아!

방법이 없다.

해 보는 수밖에.

내 책을 가져오지 않은 게 후회된다. 왜 가져오지 않았는지는 안다. 무거우니까. 아빠는 그 책을 할머니한테 받았고, 할머니는 할머니의 엄마한테 받았고, 할머니의 엄마는 할머니 엄마의 아빠한테 받았고, 그런 식으로 손에서 손으로 전해 내려왔다. 한마디로, 아주아주 오래된 책이다.

내가 글을 읽게 된 건 그 책 덕분이다. 그러니까, 진짜로 읽을 줄 알게 된 건 말이다.

대도시에서 돌아온 뒤에 아빠는 내가 엄마에게 그동안 있었던 일을 미주알고주알 다 얘기할 때까지 며칠을 기다렸다. 그리고 어느 날 아침, 엄마가 마실을 나갔을 때 아빠는 내 손을 잡고 아빠 짚깔개 옆으로 데려가, 그 앞에 놓인 작은 궤를 뒤적였다.

“내가 뭘 찾고 있게?” 아빠가 물었다.

“칼?” 내가 대답했다.

“사마아! 칼이라고? 네 나이에!”

꿈 정도는 꿀 수 있잖아! 아빠는 나를 보며 빈정거리는 표정으로, 그러니까 랑시엔의 이야기를 들을 때 짓곤 하는 그런 표정으로 피식 웃었고, 나는 아빠가 나를 놀리고 있다는 걸 알고서 얼굴을 찌푸렸다.

“아니지, 그것보다 훨씬 좋은 거야…….” 아빠가 내 기분을 풀어 주려고 조용히 속삭였다.

“칼보다 좋은 거라고?”

“그럼!”

나는 이 네모난 물건 앞에서 눈이 휘둥그레졌다. 그전까지 아빠의 궤는 늘 이중으로 잠겨 있었고, 나는 그 안에 손가락 하나, 아니, 손톱 끝조차 넣어서는 안 되었다.

“이게 뭔지 아니?”

나는 입으로 “푸” 소리를 내며 모른다는 표시를 했다. 알았다면 벌써 말했겠지.

“아빠 책이야, 사마아. 이 천막 안에서 제일 귀한 물건이지. 책은 이제 거의 남아 있지 않거든.”

“왜?”

나는 손을 뻗어서 만져 보려 했지만 아빠는 얼른 책을 잡아

채며 즐거움을 더 오래 누리고 싶어 했다. 나는 짜증이 났지만 동시에 웃음도 났다.

"옛날에는 세상이 이런 책들로 가득했어. 무슨 재료로 만들었는지는 모르겠지만, 한 가지는 확실해. 이제는 그 재료가 세상에 없다는 거. 조상들은 전자책이라는 것도 썼다는데, 아빠도 상상하기가 힘들지만 어쨌든 전기가 고갈되면서 다 사라졌대. 대도시에는 약간의 에너지가 있다 해도 그걸로는 식품이랑 생필품, 젤리 물을 만들어야 하니까."

나도 대도시에서 램프들을 보았다. 제대로 작동하는 램프들 말이다. 내가 보기에는 너무 새하얗던데. 해로운 빛을 내뿜는 닫힌 출구 같다고나 할까. 그 램프들은 주변의 후미진 구석을 불안한 어둠으로 몰아넣고 있었다. 그런데 전기로 작동하는 책은 과연 어떻게 생겼을까?

아빠는 충분히 뜸을 들였다.

아빠가 내게 가까이 오라는 신호를 보냈다. 우리는 짚깔개 위에 앉았고, 아빠가 책을 펼쳤다.

책에는 글자들이 넘쳐났다. 내가 배운 바로 그 글자들이었지만, 책에 있는 것들은 너무 작고 엄청나게 많았다. 우리는 읽기 시작했다. 어려운 작업이었다.

그래도 조금씩 조금씩, 낱말들이 모습을 드러냈다. 나는 아주 조금밖에 이해하지 못했지만 낱말들이 빚어내는 음악이 좋았다. 어떤 것은 길고 조밀했고, 어떤 것은 건조하고, 동글고, 성기고, 부드럽고, 호리호리하기도 했다. 발음할 때 머릿속에 아무런 이미지도 떠오르지는 않았지만, 나는 낱말들이 일으키는 소리에만 의지해 그 뜻을 상상해 보려 했다. 우리는 그렇게 몇 시간을 보냈다. 같이 의논했고, 아빠는 웃었다.

"그리고 여기 '도피누아',[*] 이건 뭐일 것 같아?"

나는 곰곰이 생각했다. 우리의 연구는 내게 매우 진지한 일이었다.

"내 생각에, 이건 뭔가 둥글둥글한 거야. 상냥하고."

"네가 어떻게 아는데?"

"그렇게 써 있잖아, 아빠! '도피누아'는 심술궂거나 나쁜 것일 리 없어. 들어 봐, 도-피-누아! 어쩌면 좀 투덜대는 사람일 수는 있겠다. 트위다네 할아버지처럼. 안 그래? 하지만 상냥해. 이건 확실하다고."

"그럼 콩콩브르[**]는?"

"그건 엉큼해. 어떤 틈새로 슬며시 들어가서 가만히 지켜봐. 숨어서 때를 기다리는 거지."

"콩콩브르가 때를 기다려?"

"그렇다니까!"

아빠가 다시 싱긋 웃었다. 언뜻 슬픈 기색이 스친 것도 같

[*] Dauphinois: '도피네 지방의'라는 뜻의 형용사로, 여기서는 이 지방 전통 요리인 그라탱 도피누아를 가리킨다.

[**] concombre: 오이.

았다.

그날 이후로 나는 아무 때나 책을 보러 갈 수 있었다. 그렇지만 아주 조심해서 다뤄야 했고, 아무한테도 보여 주면 안 되었다. 보물이니까.

나는 매일매일 읽으러 갔고, 몇몇 구절은 줄줄 외우기까지 했다. 이를테면 이런 대목. "그라탱 도피누아를 만들려면 감자 열다섯 알, 마늘 세 쪽, 굵은 적양파나 흰양파 두 개를 준비하세요."

나는 감자가 뭔지, 양파가 뭔지, 양파는 왜 색깔이 여러 가지인지 짐작도 할 수 없다. 혹시 나이에 따라 색깔이 달라지기라도 하나?

어느 날, 랑시엔은 우리 책이 음식 조리법을 알려 주는 책이라고 말했다. 그리고 우리가 모르는 이 낱말들은 '채수'를 가리키는데, 채수는 기본적으로 나무처럼 식물이긴 하지만 나무와는 다르다고 했다. 훨씬 작고, 먹을 수 있다나.

랑시엔은 거짓말을 했다.

내가 어떻게 아느냐고?

책 어디쯤에 이렇게 적혀 있었으니까. "싱싱한 브로콜리 머리 세 개를 준비하세요." 채수에 머리가 달렸다고? 천만에! 머리는 동물한테 달렸거든!

그리고 그 순간…….

나는 고개를 들어 나무 왕관을 올려다본다.

높이, 하늘 방향으로 올라앉은 모양이 거의 머리처럼 생기긴 했다.

“나무도 머리가 있니?”

나는 눈망울에게 묻지만, 당연히, 눈망울은 대답하지 않는다. 내 목소리만 절벽을 타고 빛바랜 메아리가 되어 내게 되돌아온다.

랑시엔은 대도시 부자들이 그 높은 타워 위에서 틀림없이 채수를 기를 거라고 믿는다. 그들은 옛날 조상들과 똑같이 채수를 즐기는데, 우리는, 우리 부족 사람들은 살아남기 위해 단백질 바나 씹는다고.

랑시엔은 절대로 만족하는 법이 없다. 늘 화가 나 있다. 아마 내가 떠난 뒤에 그 노인네는 야수 배 속으로 들어가 버렸을 것이다. 아니면 벌써 똥으로 나왔거나.

잘됐지 뭐야.

책을 가져왔다면 샘가에 누워 읽을 수 있었을 텐데. 그랬으면 시간이 다르게 흘렀을 것이다. 이렇게 게으름을 피우면서 한없이 꾸물대지 않았을 것이다.

야영지에서는 실을 잣고, 천을 짜고, 엄마를 따라다니고, 재잘재잘 수다를 떨었다. 하루라는 시간은 마치 잇새에서 조금씩 물러지다가 끝내는 흐물흐물 형체를 잃는 단백질 바처럼 알찼다.

여기서는 다르다.

눈망울이 어떻게 지내는지 기웃거리면서 그에게 온갖 수다를 떠는데도, 이를테면 솔라가 나와 함께 큰 바위들 사이에 빈 산소통 줄을 매달다가 길을 잃었던 일(우리가 아직 기저귀를 차던 시절, 솔라에 얽힌 첫 기억 중 하나다)이며 어느 날 트위다가 자기네 천막에 크랄이 들어온 줄 알고 홀딱 벗은 채 뛰쳐나왔던 얘기(알고 보니 걔네 아빠 코 고는 소리였다)까지 들려줬는데도, 짚깔개도 많이 엮고(나무 위에 펼쳐 놓고 안락하게 누울 생각이다), 해먹도 열심히 만들고, 막대기로 무장하고 목욕도 하러 가고, 절벽 표면이 내 소원대로 울퉁불퉁해지기라도 할 것처럼 절벽 주위를 계속 맴도는데도, 마치 태양이 하늘 위에서 갈 길을 가지 않고 한없이 늑장을 부리는 것처럼 시간이 가질 않는다.

하루하루가 축축 늘어지고 흐리멍덩하다.

단백질 바를 세고 또 세면서 여기에 떨어진 뒤로 시간이 얼마나 흘렀는지 확인한다.

그리고 시간이 얼마나 남았는지도.

서른여덟 끼 남았다.

나는 나무 위에 올라가 눕는다. 늘 그렇듯이 태양이 무심하게 기울어 간다.

잎사귀 살랑대는 소리가 들린다.

나는 정신력을 발휘해 발목을 더 빨리 낫게 해 보려고 온 신경을 집중한다.

오늘 아침, 부목을 떼어 내고 발목에 내 무게를 실어 보았다. 삐끗해서 또 넘어졌다.

너무 화가 나서 엉엉 울었다.

나무 지팡이를 짚고 절벽을 또 한 바퀴 돌아본다.

아기 엉덩처럼 매끄럽다.

미물들의 동선을 추적해 보았다. 어떤 녀석들은 땅속으로 들어가지 않는다. 평평한 돌 밑에 산다. 내가 돌을 들췄더니 다들 혼비백산해서 사방으로 흩어졌는데, 이 미물들이 내지르는 비명 소리가 거의 귀에 들리는 듯했다. "살려 줘! 도와줘! 전원 대피소로!" 나는 미물들을 뭉개지 않으려 조심하면서 돌을 제자리에 내려놓았다. 전부 몇 마리나 될지 궁금하다.

여기 있는 미물들이 지구 전체에 사는 인간의 수보다 많은 게 아닐지 모르겠다.

인간은 어떻게 세상에서 거의 모든 볼레를 사라지게 했을까? 세상은 엄청나게 넓어 보이는데!

부기가 많이 빠졌지만 발목은 여전히 보기 흉하고 힘이 없다.

나는 하나둘 별이 나타나는 하늘을 올려다본다.

"엄마가 이 하늘 아래 있어. 솔라도 이 하늘 아래 있어."

눈망울은 동굴 깊숙이 들어앉아 있다.

"너도 이 하늘 아래 있어. 우리 모두 이 하늘 아래 있지. 어디나 똑같아. 그런데 왜 여기만 더 느리게 도는 걸까?"

드디어 좋은 소식 하나. 머리가 많이 자랐다.

앞머리는 눈까지 내려오고 이제 목도 덮인다.

"봐, 엄마, 난 좋은 면을 찾아내려고 애쓰는 중이야. 그렇지만 무서운 생각을 물리치려면 끊임없이 싸워야만 해. 내가 여기서 절대로 살아 나갈 수 없다고 속삭이는 생각 말이야."

어쩌면 엄마가 내 목소리를 들을지도 모른다.

어쩌면 엄마가 여자 원정대를 꾸릴지도 모르지. 남자들에게 용감히 맞섰던 수다의 전사들, 실과 바늘과 냄비와 얼레빗으로 무장한 그녀들과 함께 엄마가 구조 카라반을 이끌고 오는 거야. 그녀들은 너무나 시끄럽게 소리를 질러 대서 야수들이 무서워 떨 테고, 와글와글 떠들고 웃으면서 하도 소란을 피워 대서 태양마저 숨어 버릴 거야. 그래서 마음씨 좋은 둥근 달이 원정대를 이끌고 바위들을 지나고 움직이는 사구들을 지나 사막을 건널 거야.

엄마가 나를 간절히 찾고 있다고 믿고 싶다.

어쩌면 정말로 나를 찾아낼지도 모른다.

나만의 미래를 지어내야 해. 그러지 않으면 이게 다 무슨 소용이야?

나는 트위다가 아직 거기 있는지 수시로 확인하러 들른다. 왜 트위다냐 하면, 그 기묘한 동물을 내가 그렇게 부르기로 했기 때문이다. 혹시 수컷이라 해도 어쩔 수 없지. 진짜 트위다는 자기 쌍둥이 동생이 어떻게 생겼는지 알면 기함을 할 것이다. 그 긴 머리에 입을 쩍 벌린 꼴이 눈에 선하다. 밥맛없어.

어쨌든 조금 놀리는 것뿐인데, 뭐.

나는 이제 트위다가 무섭지 않고, 트위다는 내 이야기를 듣는다.

나는 트위다에게 쉴 새 없이 말을 건넨다. 가깝게 지내는 유일한 이웃이니까. 이웃끼리는 예의를 지켜야 하고, 뻔한 인사치레를 해야 한다. 어떻게 지내시나요, 잠은 잘 주무셨나요, 건강은요. 주고받을 화젯거리가 많지 않지만 나는 많은 척한다.

“안녕, 트위다! 말하자면 한 가족이고 한 평원이야! 간단히 말해서 우리가 친구라는 뜻이야. 마음에 들어? 그랬으면 좋겠다. 왜냐하면 우리 부족에게 아주 중요한 인사거든. 참, 너 봤어? 미물들이 다른 돌덩이를 점령했어! 가끔 나는 우리 발 밑에 작은 땅굴이 우글우글한 건 아닌지 궁금해진다니까. 상상이 가? 언젠가는 딱딱한 땅이 별로 남지 않아서 내가 땅속으로 쑥 꺼지는 거지! 아아!”

트위다가 내 움직임을 좇는다.

트위다가 나를 따라 반응하게 하면 기분이 좋다.

샘 근처에서 내 머리통의 반 정도 되는 큰 돌을 찾았다. 거기에 굵은 밧줄을 묶는다. 시간이 꽤 오래 걸린다. 계속 묶고 당기고 잡아 뽑고 꼬고 여기저기 부딪히고 하면서 손이 많이 상했기 때문이다.

다 묶고 나서 나는 절벽에서 멀찍이 떨어지고, 밧줄을 돌에서 1미터쯤 떨어진 지점에서 꼭 잡은 뒤에 머리 위로 크게 한 번, 두 번, 세 번 원을 그린다. 처음에는 크고 천천히 돌던 동그라미가 원심력에 이끌려 점점 더 속도를 낸다. 밧줄이 휙휙 공기 가르는 소리를 낼 때, 나는 몸을 바짝 긴장시켰다가 돌을 있는 힘껏 위로 날려 올린다.

돌이 절벽에 부딪혀 굴러떨어진다. 부딪히는 소리가 건조하고 깐깐하다. 나는 절름거리며 돌을 주워 와 다시 시작한다.

열 번도 넘게 반복한다. 하지만 돌이 절벽을 넘어가지 못한다. 너무 높다. 눈망울 트위다가 동굴 앞쪽으로 나와 경계한다. 휙휙거리는 밧줄 소리가 불안한 것이다.

"그냥 여기서 나가려는 것뿐이야, 트위다. 밧줄도, 돌도 절대로 너를 해치지 않으니 걱정 마. 여기서는 안 보이지만 돌을 어떤 틈새에 고정하기만 하면, 그러니까 운 좋게 저 위에 바위가 많아서 이 돌을 그 사이에 끼워 넣기만 하면, 나는 밧줄을 타고 올라가서 살아 나갈 수가 있거든."

트위다가 나를 계속 감시한다.

나는 팔과 어깨가 뻣뻣해질 때까지 돌을 던진다.

나는 너무 힘이 없다.

지금 저녁을 먹고 있다. 배를 채우면 더 잘 잔다는 사실을 알았다. 아침에 일어나면 물을 마신다. 시원한 물은 배고픔을 잊게 해 준다.

짚깔개를 완성했다. 나무 위에 올리기가 힘들었지만, 밧줄 한쪽 끝을 잡아당겨 다른 쪽 끝이 미끄러져 올라가게 하는 방법으로 겨우 성공했다.

이제 나무 위에 나만의 아늑한 공간이 생겼다. 짚깔개를 가지들 사이에 밀어 넣고 양쪽 가장자리를 위쪽으로 말아 올렸더니 밤에 제법 따뜻하다. 잎사귀들로 담요 비슷한 것도 만들었다. 까슬거리긴 하지만 일단 덜 추우니까.

나무 위에 올라와 있는 게 좋다. 여기는 완전히 다른 세상이다.

이렇게 몇 시간이고 앉아서 우거진 잎사귀들 사이로 하늘을 본다.

서른두 끼 남았다.

돌을 절벽 너머로 날려 보낼 방법이 없다. 밧줄을 머리 위에서 쉬지 않고 돌려 댔더니 어깨와 팔이 너무 쑤신다.

나는 돌이 절벽에 부딪히고, 그런 다음 마치 삶을 포기하고 투신하는 몸처럼 툭 떨어지는 모습을 바라본다.

나무 위에서도 던져 봤는데, 땅보다 높기는 하지만 거기도 구렁 입구와는 여전히 너무 멀다. 더구나 잎사귀들이 방해가 된다. 그렇다고 잎사귀를 모두 없애 버리는 건 말이 안 된다. 그러면 구렁 안에 그늘이 하나도 남지 않는다.

돌을 주워다가 쌓고 있던 나만의 벽은, 거대한 절벽 아래 가소롭고 애처롭게 붙어 있다.

나는 가소롭고 애처롭다.

하루가 열흘처럼 길다.

오늘은 돌을 절벽 너머로 던지는 데 성공했다. 그래서 돌이 잘 버텨 주기를 바라며 밧줄을 잡아당겼지만, 힘없이 툭 떨어져 내렸다. 나는 다시 던졌다. 돌은 다시 떨어졌다.

돌이 위에 걸리기는 하는데, 잡아당기면 스르르 미끄러지고 만다. 나는 성큼성큼 두 발짝을 걸어 돌을 주운 뒤에 다시 시작한다.

중요한 결단을 내렸다. 이제부터는 이틀에 한 번만 먹을 것이다.

서른 끼가 남아 있다.

그러니까 앞으로 두 달을 버틸 수 있다.

이 결심을 축하하는 뜻에서 나는 젤리 물을 모두 비워 버렸다.

밤이 된 지 한참 지났지만 잠이 오지 않는다. 배가 꾸르륵거리고 당기고 뒤틀리는 게, 계속 불편하다. 나는 짚깔개 위에서 뒤척이다가 몸을 웅크린다.

달이 엄청나게 크다. 꿈처럼 밝은 빛이 주변 풍경의 미세한 돌기마저 환하게 드러낸다. 구렁은 싸늘한 푸른빛이다.

나는 어떤 소리에 신경이 곤두선다. 가볍고, 이따금 느려지기는 하지만 반복적이다.

탁 탁 탁 탁 탁 탁 탁 탁.

트위다다.

나는 들키지 않게 조심조심 몸을 일으켜 아래를 내려다본다. 잎사귀들 사이로 그의 동굴이 보인다.

트위다의 각진 실루엣이 절벽을 오르는 중이다. 긴 다리가 표면에 붙어서 재빠르게, 날듯이, 수직으로 달린다. 나는 그에게서 눈을 떼지 못하고, **탁 탁 탁 탁 탁**, 트위다는 점점 멀어진다.

어느새 그는 꼭대기에 다다르고, 사막 속으로 사라진다.

이렇게 간단한데.

트위다는 밤마다 내가 자는 동안 밖으로 나가는 걸까?

그를 기다리고 싶지만 결국 졸음이 몰려온다. 나는 잠에 빠져든다.

눈을 뜨자마자 트위다가 돌아왔을지 궁금해진다. 영영 가버린 걸까? 생각만 해도 끔찍하다.

트위다까지 잃지 않아도 벌써 충분히 외로우니까.

나는 잠깐 물을 마실 새도 없이 나무에서 내려와 쿵쾅대는 가슴으로 허리를 숙여 본다.

눈망울이 구멍 안에 있다.

트위다가 돌아왔다.

나는 살짝 손짓을 하고 다시 올라간다.

지난밤에는 잠을 제대로 자지 못했다. 배가 뒤틀리고 하도 요란을 떨어서.

나는 솔라를 생각했다.

사냥꾼들은 점찍어 뒀던 구렁을 찾았을까? 당연하지. 그들은 거기까지 가는 데 두 달을 잡았고, 돌아갈 때는 무거운 짐을 끌어야 하니까 조금 더 길게 어림했다. 나무를 베고 토막 내서 싣고 다시 떠나려면 또 시간이 걸릴 테고……. 지금쯤이면 귀한 목재들을 모두 수레에 실었을 것이다.

사냥꾼들이 나 없이 돌아가면 엄마는 뭐라고 할까?

날이 밝았다. 잠기운이 가시고 나서 나는 눈을 뜬다.

무성한 가지와 잎사귀가 여느 때와 다름없이 나를 에워싸고 있지만 뭔가가 좀 다르다.

나는 기지개를 켜고 배낭을 챙긴 다음 가지 하나에 묶어 둔 밧줄을 타고 미끄러져 내려온다.

발목이 괜찮다.

나무 그늘 밖으로 몇 발짝 걸어 본다.

말도 안 돼.

그렇게 파란 하늘에, 그렇게 한결같이 물리도록 새파랗던 하늘에 하얀 구름이 뭉게뭉게 피었다.

"나와 봐, 트위다! 구름이야!"

사막에는 구름이 아주 드물다. 지금껏 딱 한 번밖에 보지 못했다.

그때 이미 아빠는 없었다. 나는 아빠 책을 끌어안고 잠을 자곤 했다.

사냥꾼이 되겠다고 고집을 부리기 시작한 건 그보다 더 오래된 일이었다.

아빠는 내가 그 얘기를 하면 항상 코웃음을 치면서 친구들과 한편이 되어 나를 놀렸다. "어이, 친구들, 자네들은 뭐라고 할 텐가?!" 그러면 아빠 친구들은 내게, 꼬마 여자애에게 이런 저런 농담을 던졌고, 혹시 자기네 바지를 꿰매 줄 수 있느냐 물었으며, 그게 훨씬 쓸모 있는 일일 거라고 했다. 나는 늘 부루퉁해져서 자리를 박찼다. 그렇지만 아빠의 죽음도 내 고집을 꺾지는 못했다. 오히려 반대였다. 더 간절해졌다. 아빠가 경험한 것을 나도 경험하고 싶었다. 사냥을 한다는 게 뭔지, 자유가 뭔지, 무한한 사막에서 나누는 동지애가 뭔지 알고 싶었다. 그것이 아빠와 가까워지는 가장 좋은 그리고 유일한 방법이었다. 더구나 야수들에게는 불행한 일이었다. 내가 복수를 위해 열 마리도 넘게 죽여 버릴 테니까.

어느 날 오후, 야영지에 이상한 바람이 불어왔다. 평소에는 입술이 마르고 눈과 코가 따끔거렸는데, 이날 돌풍은 부드럽고 거의 달콤할 정도였다. 이글거리는 열기도 없었다.

여자들과 아이들은 밖으로 나와 공기를 들이마셨다. 짐수레를 준비하던 흥정꾼들도 일손을 멈추었다.

조금 있다가 하늘이 희끄무레한 솜털로 뒤덮였다. 여자들은 천막 안으로 뛰었다. 그러더니 바구니며, 그릇이며, 항아리며, 물 종류를 담을 수 있는 것은 모조리 들고 나왔다.

랑시엔이 비웃었다.

"이런 무식쟁이들을 봤나! 비는 안 와!"

우리 엄마는 한 손에 냄비를 들고 천막 덮개를 걷어 올리던 참이었다. 하지만 랑시엔의 호통이 떨어지자 제자리에 멍하니 섰다가, 냄비를 뒤에 숨기고 슬금슬금 뒷걸음질을 치면서 이웃들 틈으로 끼어들었다. 아무 일 없다는 듯이. 나도 엄마를 졸졸 따랐다.

"비를 몰고 오는 구름은 시커멓고 훨씬 커. 물을 잔뜩 머금고 다녀서 무겁지. 임신한 여자의 배처럼 말이야."

이날의 구름은 화사했다. 어두운 기색이라고는 없었다.

랑시엔은 투덜거리며 자리를 떴다.

지금 나는 깊은 구렁 속에 혼자 갇혀 있으니 나 스스로 판단해야 한다. 자, 하늘이 바뀌고 있어. 도도한 파랑이 점점 사라지네. 내 머리 위로 구름이 무겁게 쌓이고, 흰색은 칙칙한 회색으로 변하고 있어.

순간적으로 나는 물을 받을 만한 물건부터 찾으려 했지만, 아니다. 그런 건 필요 없다. 여기엔 샘이 있으니까!

나는 누우려다 말고 눈망울을 흘깃 쳐다본다. 나를 빤히 보면서 저기 있다. 트위다는 잠 한숨 자지 않고 구멍을 지킨다. 틀림없이 쉬기는 할 텐데, 언제인지 알 수가 없다. 눈을 감을 수나 있는지도 모르겠다.

"트위다, 너도 눈꺼풀이 있니?"

오늘 아침에는 전혀 예상치 못한 일이 생겨서 기분이 좋다.

"기적이 일어날 것만 같아, 트위다. 하늘에서 물이 떨어질 거야."

눈망울은 꿈쩍도 하지 않는다.

배가 구시렁대는 할멈처럼 자꾸 꾸르륵거리면서 허기를 호소하는 것을 무시한 채 나는 등을 대고 눕는다. 땅이 아직 차갑다. 나는 두 손으로 목덜미를 받친다.

그리고 기다린다.

구름이 하늘 위를 떠다닌다. 문득, 구름의 형태가 더 뚜렷해지더니 거기서 어떤 모양들이 보인다. 뿔이 달리고 귀가 여러 개에 코랑 뾰족턱이 달린 괴물 얼굴들이다. 다리는 활처럼 휘었다. 목이 한없이 긴 짐승도 떠다니고, 불타는 막대기, 부루

퉁한 노인네, 손가락 일곱 개 달린 손도 있다. 다리 개수가 모자란 트위다도 있고, 나무, 춤추는 여인, 조그만 몸에 머리만 커다란 아기도 보인다.

구름은 왜 더 자주 나타나지 않을까? 이렇게 재미있는데!

바람이 여기저기서 휘돌고, 사방 절벽을 채치고 오르며 나무의 왕관을 헝클어뜨린다. 잎사귀들이 경련하듯 뒤흔들리며 요동친다.

사냥꾼들과 아빠는 목재가 우리를 먹여 살린다고 했다.

그것은 사실이 아니다.

내가 여기서 지낸 뒤로, 나를 살게 한 것은 물이다. 나는 물을 마시고, 물에서 씻고, 찢어진 튜닉을 빨았다. 샘은 엉망이 된 내 발을 얼러 주었다.

랑시엔이 이 얘기를 들었다면 그 쭈글쭈글한 입술 사이로 썩은 이와 시커먼 구멍들을 드러내며 웃었겠지.

물이 나를 살린다.

땅에 뿌리를 박고 서 있는 나무는 나를 태양으로부터 보호한다.

가지들은 꺾여서 무기가 되어 준다. 이 가지들이 내 발목을 낫게 해 주었다.

그래도 나는 랑시엔이 터무니없는 애기를 늘어놓았다고 굳게 믿는다. 물은 나무 뿌리에 모여 있지 않고, 저만치 떨어져 있거든. 하!

하지만 여기에는 나밖에 없다. 거짓말은 부질없다.

나랑 눈망울 트위다. 그리고 나무 껍질 위와 땅속을 부지런히 달리며 일하는 미물들이 전부니까.

사막에서 매일매일 걷고 또 걷는 동안 나는 한 번도 물을 보지 못했다. 야영지 근처에서도 못 봤다. 대이주를 하면서 사막 안으로 깊숙이 들어갔을 때도 못 봤다.

물이 있는 유일한 장소는, 바로 여기다.

구렁 밑바닥.

나무가 있는 곳.

우연처럼.

내 머릿속에서 나가, 랑시엔! 나가라고!

구름이 마구 밀려들고, 이제 바람이 시원하다. 마치 보이지 않는 손이 인정사정없이 흔들어 대듯 나무는 점점 더 거세게 요동친다.

나는 기다린다.

트위다도 기다린다.

갑자기, 내 옆의 땅 위에 '똑'.

내 발 옆에도 '똑'.

나는 벌떡 일어난다. 작고 짙은 동그라미들이 모래 위에 얼룩을 만든다.

하나, 또 하나, 그러고는 새로운 방울 하나가 내 손등 위에 떨어진다. 나는 가만히 들여다본다. 물이 내 손등에 떨어지다니. 똑같은 방울이지만 젤리 상태로 가공된 것과는 다르다. 이 방울은 납작하고 더 여리다. 나는 방울을 핥는다. 샘에 있는 물처럼 순한 맛이다.

이따금 방울이 눈 속으로 떨어져도 나는 눈을 감지 않는다. 저 위에서 방울들이 오밀조밀 모이고 온 부족이 한자리에 모여 전속력으로 달려 내려온다. 나는 방울들이 깔깔 웃는다고 상상한다. 하늘을 떠나는 게 기뻐서, 땅으로 내려오는 게 기뻐서. 인간들과 나무들과 눈망울 트위다들이 사는 땅.

벌써 한낮이고 태양이 하늘 높이 걸려 있을 텐데도 서늘한 기운이 구렁 안을 휩쓴다.

세상이 변장을 한 듯하다.

비가 내린다.

조심하라는 예고도 없이 갑자기 물이 퍼붓는다. 빗줄기가 내 몸을 두들겨 대고, 모래를 단단하게 하고, 바위를 흠뻑 적신다. 샘 근처 덤불들을 집어삼킬 기세다. 여러 갈래 물길이 생기고, 나도 흥건하게 젖어서 튜닉이 무겁게 처진다. 나는 아름드리 나무 왕관 아래로 달려가 몸을 피하고, 나무 몸통에 달라붙는다.

이렇게 흠뻑 젖어 보기는 태어나서 처음이다. 웃음이 터질 것 같다. 주위는 온통 잿빛이고 기쁨에 젖어 있다.

트위다도 동굴 속으로 더 깊이 들어앉았다. 이제 눈망울이 보이지 않는다.

나는 나무를 끌어안고, 그 몸통에 뺨을 댄다.

나는 온 세상이 목을 축이는 소리, 비가 연주하는 음악 소리를 듣는다.

비가 그쳤다.

갑자기 뚝 멎었다.

처음에는 몇 방울이 남아서 더 후드득거리기는 했다. 마치 자기들끼리 뒤처져서 일행을 따라잡으려 부지런히 달려가는 듯이. 우리 좀 기다려 줘, 우리 좀 기다려 줘.

사냥꾼들 뒤에 처진 나처럼.

그러고는 끝이었다.

이따금 절벽이나 잎사귀에서 한 방울씩 떨어진다.

'똑' 떨어지는 맑은 소리가 구렁을 가득 메운다.

나는 샘을 보러 왔다.

물이 불었다. 절벽 틈에서 졸졸 흘러나오던 물줄기도 굵어졌다.

이 물이 어디에서 오고 어디로 가는지 모르겠다. 자꾸 흘러나와도 웅덩이가 넘치지는 않으니 분명 어디로 가는 걸 텐데. 내가 다 마시지는 않잖아!

태양이 이 깊은 구렁의 후미진 구석까지 금세 바짝바짝 말려 버렸다.

모래는 언제 그렇게 축축하게 엉겼냐는 듯, 다시 손가락 사이로 스르르 빠져나가는 가루가 되었다.

나는 나무 위로 돌아간다. 가슴이 너무 벅차다. 자고 싶다.

어제, 처음으로 부목을 떼고 걸었다. 이제 아프지 않다. 다 나았다.

"이거 봐, 트위다! 내 종아리가 엄청 가늘어. 꼭 막대기 같아! 아니, 그냥 덤불 가지 같아……. 내가 나무로 변해 가나 봐!"

이 약한 종아리에 다시 힘을 길러야 하는데, 발목을 돌리는 정도로는 부족하다. 그래서 나는 구렁 둘레를 걸어다니고, 햇살이 쏟아져 내리는 곳을 지나갈 때는 두건으로 머리와 얼굴을 감싼다. 나는 발바닥을 쫙 펴고 발가락 끝으로도 걷는다. 그러다 가끔씩 멈춰서 뒤쪽 근육이 수축하는지 확인한다.

재미있는 소일거리가 또 하나 생겼다!

밧줄에 묶어 둔 돌이 나무 밑동에 널브러져 있다.
이것들은 아무 쓸모가 없을 것 같다.
빠져나갈 다른 방법을 찾아야 한다.

나는 나무에서 몇 미터 떨어진 곳에 쭈그리고 앉아 땅을 판다. 나무가 정말로 물을 저장하는지 직접 확인하고 싶다.

모래는 퍼내기가 어렵다. 점성이 없어서 자꾸만 줄줄 흘러내린다. 처음에는 아무 보람도 없이 악착같이 퍼내기만 하다가, 너무 더워서 나무 아래로 몸을 피했다. 그러고는 등이 좀 식은 뒤에 다시 돌아와 앉았다.

눈망울 트위다가 언제나 그러듯 나를 지켜본다.

"네가 나를 도울 수도 있을 텐데. 넌 발이 많으니까 엄청 빠를 거 아냐."

나는 트위다에게 싱긋 웃어 보이고 다시 작업에 열중한다.

잠시 뒤, 차갑고 끈적이는 모래 속으로 손이 움푹 들어간다. 그러니까, 물을 머금은 모래 속으로. 하지만 빗물이 흘러든 것일 수도 있잖아. 누가 알겠어. 아무튼 나는 여기서 멈출 수밖에 없다. 나무 뿌리가, 굵고 가늘고 어떤 건 실처럼 얇은 뿌리가 촘촘히 뒤얽힌 채 땅을 완전히 덮고 있어서 더는 파 내려갈 방법이 없다. 나무가 마치 거대한 치마를 짜 놓은 듯하다.

나는 구덩이를 덮고, 더 멀리 자리를 옮겨 새로 파 들어간다.

다시 나무 뿌리.

다시 덮는다.

다시 파 들어간다.

어디든 나무 뿌리.

나는 다시 더 멀리 옮긴다.

절벽 아래까지 왔다. 이제야 나무 뿌리가 보이지 않는다.

나는 땅바닥에 벌렁 드러누워 팔을 옆으로 뻗는다.

순간, 손에 뭔가 딱딱한 게 닿는다. 돌일 거라고 생각하면서도 이미 돌과는 다르다는 걸 안다. 나는 냉큼 팔을 거둬들이고, 그 자리에 있는 하얀 물체를 발견하고서 손가락 끝을 문질러 닦는다. 그러나 끝내, 물체를 들어 올린다……. 두개골이다.

나는 그것을 들고 나무 아래로 가져가, 겉에 붙어 있는 모래 알갱이들을 털어 낸다.

길쭉하고 험악하게 생겼다. 눈과 코가 있던 자리에 구멍이 뚫렸고, 이빨은 아래위 턱에 그대로 박혀 있다. 머리 위쪽에는 뿔 두 개가 뾰족하게 솟아 있다.

동물의 두개골이다.

나는 몸을 부르르 떤다. 랑시엔이 멍청한 소리만 한 건 아니었어! 옛날 세상에는 정말로 동물이 살았고, 이 머리 크기를 보아 하니 덩치도 컸을 거야! 사냥꾼들도 이 사실을 알까? 이런 두개골을 발견한 적이 있을까? 아니면 뼈라도?

그들은 흔쇠라는 일종의 금속을 가져오곤 했다. 사구가 빠르게 이동할 때면 이따금 흔쇠 재질의 뼈대가 발견되는데, 사냥꾼들이 그걸 주워 오는 것이다.

뼈대들은 크고 길다. 어디에 쓰는 물체인지는 아무도 모른다. 분명 옛날 사람들이 만들었을 것이다. 내부에는 어떤 물건들이 들어 있다. 남자들은 그걸 벼려서 도끼를 만들고, 흔쇠를 두들겨서 접시와 칼을 만든다.

그러나 동물에 관해서는 한 마디도 하지 않았다.

사냥꾼들은 가끔 건물 잔해도 발견했다. 통째로 매몰되다시피 한 죽은 도시의 벽이나 지붕 같은 파편을 이따금 마주치는 것이다. 하지만 그들은 도시의 잔해를 최대한 피해 다녔다. 그런 곳은 유령이 우글거리고 불행을 가져온다고 했다.

왜 지금 세상에는 동물이 없을까? 랑시엔은 옛날 사람들이 살아 있는 모든 것을 오염시켜 죽게 했다고 말했다. 그래서 순식간에, 모두 사라졌다고.

사막이 야금야금 늘어 가다가 세상을 뒤덮어 버렸다고.

이 동물은 크고 힘이 셌을 것이다. 그런데 어떻게 사람들이 죽게 할 수 있었지? 대체 왜?

나는 두개골을 옆에 내려놓는다.

"얼마나 아름다웠을까, 네가 살던 세상은. 나도 경험해 봤으면 정말 좋았을 텐데……."

튜닉이 너무 짧다. 소매가 손목 위까지 쑥 올라온다.

내가 많이 자란 것이다.

하지만 근육은 더 흐물흐물해졌다.

나도 칼을 한 자루 가질 때가 되었다.

야영지에서는 어른들만 가질 수 있다. 그래서 엄마들이 딸에게, 아빠들이 아들에게 첫 번째 칼을 선물한다.

우리 엄마는 아직 내게 선물하지 않았다. 내 머리카락이 짧았으니까.

모든 여자들이 그러듯이 우리 엄마도 허리에 칼을 차고 다녔다. 이 여행을 준비할 때 처음에는 엄마 칼을 훔쳐 올까도 생각했다. 하지만 차마 그러지 못했다. 엄마 칼은 아빠가 원정 중에 발견한 반짝이는 잿빛 돌을 갈아서 만들어 준 것이다. 손잡이는 주황색 재료로 깎았다. 엄마에게서 그 칼을 훔쳤다면 아빠를 두 번 죽인 셈이 되었을 것이다. 랑시엔의 칼을 슬쩍할까도 생각했지만, 랑시엔은 뮈르파로 가면서 칼을 버렸다는 게 기억났다. 그게 뮈르파의 전통이다.

그래서 나는 칼 없이 길을 떠났다.

언젠가 야영지로 돌아가면 아빠 칼을 물려받을 것이다. 아빠가 죽었을 때 엄마가 사냥꾼들한테 돌려받았는데, 짚깔개 옆에 있는 작은 궤 안에 넣어 두었다. 아빠 칼은 손잡이가 다 낡았다. 이따금 나는 그 칼을 조심조심 꺼내 보았다. 손에 쥐어 보기도 했다. 아빠가 잡았던 칼을. 그건 내가 아빠 손을 잡는 것과 조금 비슷했다.

어쨌든 물려받기 전까지는 내가 직접 하나 만들 생각이다.

땅바닥에서 돌 조각도 찾아 두었다. 뾰족하고 길고 세모 모양이어서, 잘만 갈면 진짜 멋진 칼날이 될 것이다. 이 칼날을 벼릴 다른 돌들도 골라 놓았다. 나뭇가지는 완벽한 손잡이가 될 테고. 칼날을 손잡이에 고정하는 법을 아직 모르지만, 괜찮다. 어떻게든 방법을 찾아낼 테니까.

오늘 저녁에는 해가 지기 훨씬 전부터 나무 위로 올라와 있다. 저물녘 마지막 햇살이 부드럽고, 땅에서 올라오는 열기도 포근하다. 나는 내 돌 조각을 갈아서 살짝 모난 부분을 다듬는 중이다.

곧 첫 번째 별이 뜰 것이다.

나는 밤하늘이 좋다. 너무 추운 게 탈이지만.

솔라와 나는 밤샘 모임에서 빠져나와 야영지 경계에서 담요를 깔고 붙어 앉아 있기를 좋아했다. 엄마 아빠들의 목소리가 우리가 마음을 놓을 정도로는 가깝지만, 자유가 느껴질 정도로는 멀게 들리는 위치였다.

첫 사냥을 떠나는 날이 코앞으로 다가왔을 때, 솔라가 나를 야영지 경계 끝까지 데려갔다.

"얼른 떠나고 싶어?" 내가 물었다.

"응. 갔다 오면 나는 지금의 내가 아닐 거야. 사냥꾼이 돼 있을 테니까."

그는 뭔가 덧붙이고 싶어 했지만 입을 다물었다. 내 눈에서 질투나 슬픔을 읽었을 것이다.

우리는 오랫동안 아무 말도 하지 않았고, 꼼짝하지 않은 채 가만히 있었다. 처음에는 불편했다. 하지만 나는 차츰 생각을 다른 데로 돌렸다. 아빠가 이 하늘 아래를 행군했었어. 지금 내가 경이롭게 바라보고 있는 이 하늘 아래에서 틀림없이 나를 생각했을 거야. 그런 상상들.

아빠가 세상을 떠난 뒤, 처음에 엄마는 아빠 얘기를 하고 싶어 하지 않았다. 그러다 몇 달이 지나면서 조금씩 나아졌다. 엄마는 내가 모르는 일화를 들려주었다. 내가 아는 이야기를 할 때도 나는 생전 처음 듣는 척하며 들었다.

솔라가 내 손을 잡았고, 나는 파르르 떨었다.

"상상해 봐……. 만약에 네가 마법을 부릴 수 있다면, 그래서 땅을 만들고 하늘을 만들고 우리가 살 곳을 직접 창조할 수 있다면……. 넌 어떤 세상에서 살고 싶어?"

그런 건 아무래도 괜찮다고, 중요한 건 내 손이 네 손을 잡고 있는 거라고 말하고 싶었다. 그리고 그에게 질문을 돌려주고 싶었다. 하지만 그에게서 돌아올 대답이 너무 두려워서 나는 이렇게 툭 내뱉었다.

"어떤 세상이든 상관없어. 우리 엄마 아빠랑 같이 있기만 한다면."

진실은 그보다 훨씬 컸다.

진실은 우리 머리 위에 펼쳐진, 별이 총총한 하늘 같은 것이었다.

배가 요란하게 꾸르륵거린다. 이제 스물두 끼 남았다.

하루가 도무지 끝날 줄을 모른다.

칼날 작업이 순조롭게 진행되고 있다. 얼마나 예리한지 나무에 대고 시험해 보았다. 내 짚깔개 아래에 있는 가지들 중 하나를 째고 껍질을 길게 가른 다음, 그 아래 밝은 속살에 금을 그었다.

금 하나가 하루를 뜻했다.

금이 엄청나게 많이 그어졌다. 내가 팔을 뻗어도 끝까지 자라지 않을 만큼.

그런데 처음에 그은 금들에서 진하고 반투명한 액체가 배어 나왔다.

끈적끈적하고 들러붙는 물질이었다.

나는 기다렸다.

완전히 몰입한 나머지 배가 점점 더 시끄럽게 으르렁대는 것도 모를 만큼.

나머지 금들에서도 차츰 그 이상한 물질이 스며 나오기 시작했다.

나는 달리 표현할 말이 없었다.

나무가 피를 흘려.

나는 나무에게 용서를 구했다.

다시는 나무 피부에 날짜 수를 새겨 넣지 않겠다.

어제부터 내내 굶었는데, 더는 못 참겠다. 이제 겨우 아침이지만 어쩔 수 없다. 나는 단백질 바를 천천히 씹으며 진짜 행복을 경험한다. 위장이 기쁨에 겨워 꼬르륵거린다.

다른 뭔가가 내 눈길을 끈다.

땅에, 새 세상이 열린 듯하다.

나는 내려가서 자세히 보려고 쭈그려 앉는다.

작은 알갱이 수십 개가 모래 바닥에 널려 있다. 얼마 전 나뭇가지에 매달린 주머니를 찢었을 때 그 안에서 발견한 그런 알갱이들이다. 그 뒤로 나는 전혀 관심을 두지 않았는데, 지금 보니까 알갱이들 표면이 툭툭 벌어지고 그 가운데에서 노랗고 하얀, 아주 작은 줄기들이 돋아 올라온다. 겨우 손톱만 하다. 되게 이상하다. 나무에 매달려 있을 때 이 구슬들은 초록색이었다. 그런데 지금은 밤색이다.

나는 하나를 들어 올려 내 손가락 사이에서 이리저리 돌려본다. 꼭 꼬마 나무 같다.

나무는 엄마다.

알갱이들은 아기들이다.

비가 내리자, 아기들이 태어났다.

이제부터 엄마 나무를 나이아라고 부르겠다.

나는 작은 알갱이가 가득 든 주머니들을 배낭 속에 챙겨 두었다. 나무에서 바로 딴 것들이다. 비가 또 내리면 실험해 볼 생각이다.

나는 나이아의 가지 위에 앉아 줄을 꼬고 있다. 인형을 만드는 중인데, 바늘이 없어서 쉽지가 않다. 그래서 다행이다.

정신을 팔 수 있으니까.

이제는 낮에도 잔다. 갈수록 많이 잔다.

잠을 자도 금세 피곤해진다.

비를 기다리지만, 이젠 틀린 것 같다.

나는 트위다를 지켜본다.

내가 트위다였으면 절벽을 달려 올라가 집으로 돌아갈 수 있을 텐데.

그렇지만 트위다는 여기가 집이다.

나는 그네를 탄다.

밧줄을 굵게 엮어서 높은 가지에 묶고, 아래로 늘어진 밧줄 끝에 매듭을 크게 지었다. 나는 밧줄에 매달리고, 높이 솟아오르고, 그 위에 올라앉아 그네를 탄다. 가지가 흔들리긴 하지만 튼튼하다. 잎사귀들이 노래를 한다. 나는 흔들린다. 앞으로, 뒤로, 앞으로, 뒤로. 밧줄을 너무 꼭 잡아서 손에 물집이 잡히고 나서야 내려온다.

나이아에게서 내려올 때마다 나는 아기들을 관찰한다. 나이아의 몸통이나 절벽 옆에 있어서 그늘이 많으면 아기들은 잘 자란다. 그러나 벌써 많이들 죽었다.

도와주고 싶지만 어떻게 해야 할지 모르겠다.

나는 산소통에 남아 있는 산소를 이제껏 하나도 마시지 않았다.

구렁에서 지낸 뒤로 숨이 찬 적이 없기 때문이다.

나는 파이프를 연결하고 통 하나를 열어 숨을 들이마신다.

머리가 빙빙 돌고 세상이 일그러진다. 하늘이 아련해지고 나이아의 몸통이 우뚝 솟는가 하면 샘은 멀리 흘러가고 절벽이 사방에서 휘청거린다.

증상이 진정되면 나는 다시 마신다.

토할 것 같다. 이제 산소통 다섯 개를 비웠다. 마지막 세 통은 그냥 날려 보냈는데, 도저히 더 마실 수가 없었다.

모아 뒀던 가는 끈과 밧줄들을 연결해서(한 무더기가 있다!) 긴 줄을 만들고, 거기에 빈 산소통들을 매단다. 손이 자꾸 떨리지만 끝까지 해낸다.

그런 다음, 나이아의 굵은 가지 두 개 사이에 줄을 매단다.

이제 나는 통 하나를 흔들고 나서, 아니면 바람이 살짝 불어 주면 더 좋고, 눈만 감으면 야영지에 있는 것처럼 상상할 수 있다. **당 당**, 엄마가 곧 나를 부르겠지. 불러서 내 실이 또 뒤죽박죽 꼬였다고 말해 주겠지. 아니다, 이렇게 말할 거다. 사마아, 집중해야지. 서둘러라, 랑시엔에게 포타주 가져다줘야 하잖니.

나는 눈물을 흘린다.

오늘 오후에는 태양이 무섭게 내리쬔다. 잎사귀를 전부 태워 버릴 것처럼.

나는 느릿느릿 걷는다. 머릿속이 조금 복잡하다.

나이아를 생각하는 중이다.

나이아는 엄마다. 그럼 아빠는? 아빠도 있을까? 만약에 우리가 엄마 아빠를 베어 버리면, 그러면 아기들은 어떻게 되지? 나는 아기들이 강한 햇볕 아래 죽어 가는 광경을 보고 있다. 엄마의 풍성한 왕관이 보호해 주지 않으면 아기들은 무방비해진다.

꼭 인간 아기들처럼.

그렇지만 나는 물 덕분에 아직 살아 있다.

나에게 물이 필요하다면, 나이아의 아기들에게도 그렇다.

위장이 배 속에서 마구 요동친다.

나는 샘까지 가서 빈 산소통 하나에 물을 채운다. 그리고 시들시들한 몇몇 아기 나무를 찾아 그 위에 조심조심 붓는다.

샘까지 여러 번 왔다 갔다 한다.

너무 지쳤을 때 나는 내 안식처로 올라가 더위에 짓눌린 채 잠을 잔다.

오늘 아침에는 샘에 몸을 담그러 다녀왔다.

물속에 드러눕자 물이 내 몸을 받쳐 주고 다리도 둥둥 띄워 주었다. 머리는 모래를 베고 있었다. 뭘 하고 있다는 생각도 없이 나는 내 손을 간지럽히는 긴 초록 털 하나를 잡아 뜯었다. 물 밖으로 가지고 나와서 보니, 초록 털은 납작하고 끈적거렸다. 표면이 햇빛에 반짝였다.

나는 초록 털을 입에 넣고, 미물이나 초록 알갱이들 같은 맛이 아니기를 바라며 물어뜯었다. 처음에는 유난히 끈적거려서 입천장에 찐득찐득 들러붙었다. 하지만 나중에는 별로 어렵지 않게 씹어 삼켰다.

나는 손에 들고 있던 초록 털을 모두 먹었다.

그리고 두 줄기 더.

물에 몸을 담그러 올 때마다 초록 털 세 개, 그 정도면 좋을 것 같다.

그 뒤로 몇 시간째 배고픔이 잠잠하다. 정말 끝내주는 소식이다.

그러나 최고의 소식은 아니다.

아니고말고. 정말 좋은 소식은, 내가 나이아의 아기들을 살리고 있다는 사실이다.

네다섯 그루는 계속 시들고 작은 줄기들이 힘없이 늘어졌지만, 그렇지만 나머지는 아니다! 나머지 아기들은 줄기가 활력을 되찾아서 하늘을 향해 계속 올라가고 있다. 조금씩, 아주 조금씩.

나는 아기들이 낮 동안 태양과 싸울 수 있게 아침마다 물을 부어 주고, 또 밤에 목을 축일 수 있게 저녁에도 부어 준다. 나처럼 아침에도 마시고 저녁에도 마시라고.

열아홉 끼 남았다.

오늘, 나는 새로운 소일거리를 하나 더 찾아내기로 했다. 줄은 더 이상 꼴 수가 없기 때문이다. 딱히 어디에 쓸지 알 수도 없는 밧줄이 이미 많이 쌓인 데다, 무엇보다도 덤불에 잎사귀가 하나도 남아 있지 않다. 내가 다 써 버렸다.

나는 미물들에게 놀러 갔다. 그들이 사는 평평한 돌 옆으로. 그리고 나도 돌을 모아 왔다. 아무짝에도 쓸모없는 내 가소롭고 애처로운 돌담에서 크고 작은 돌들을 잔뜩 옮겨 왔다. 그런 다음 세모꼴 피라미드를 쌓았다. 물론 아담한 크기다. 하지만 이것도 야영지 둘레를 지키는 피라미드들처럼 구렁 안에 우뚝 서 있다.

내 표시. 내가 잠시 머물렀다는 흔적.

엊저녁에는 여느 때처럼 나이아 위로 올라가려다가 땅으로 떨어졌다. 두 번이나 다시 시도해야 했다. 기운이 점점 떨어진다.

어쩌면 낮에 너무 힘들게 일해서 그랬을 것이다.

어제 나는 아기 나무 여러 그루 둘레에 골을 판 다음, 땅바닥에서 죽은 나뭇가지와 잎사귀를 주워 모아 골마다 채워 주었다.

"너도 알잖아, 트위다. 우린 누구나 안식처가 하나씩 필요하다는 거. 예를 들면 너만 해도 말이야, 너는 네 동굴 속에 숨고, 거기 있으면 안전하잖아. 나는 나이아의 무성한 잎사귀 아래서 내 짚깔개 위에 있으면 그렇고. 거기서 나는 온기를 유지

하고 휴식을 얻으니까. 하지만 아기들은 어떻지? 그 애들은 아무것도 없어. 그래서 내가 생각했지. 아기들에게도 짚깔개를 만들어 주자고. 아기들에게 맞는 크기로. 만약 짚깔개를 마음에 들어 한다면 우리가 바로 알아볼 수 있을 거야. 넌 어떨 것 같아?"

나는 아기 나무들에게 아침저녁으로 열심히 물을 준다.

역시, 내가 잎사귀 안식처를 만들어 준 아기들이 쑥쑥 잘 자란다. 거기서 포근함을 느끼는 게 분명하다.

그런데 내가 물을 주지 않으면 그 작고 연약한 머리들이 금세 툭 떨어지고 만다.

랑시엔 생각이 머릿속에서 떠나질 않는다. 랑시엔은 나무 껍질이 약이 되거나 아니면 독이 될 수 있다고 말했다. 나이아의 껍질은 어떨까?

열여섯 끼 남았다.

샘에 있는 초록 털도 거의 다 먹어 치웠다.

다시 절벽에 기어오르려고 해 보았다.

날마다 그 앞으로 간다. 손으로 여기저기 더듬으며 갈라진 틈 같은 것을, 나를 덮칠 듯 굽어보는 항아리 모양의 절벽 어디엔가 있을지 모를 길을 찾는다.

길은 없다.

사냥꾼들은 인원이 많고 장비도 싣고 다닌다. 말뚝이랑 돌 깨는 도구들. 또 그들은 구렁 위에서 밧줄을 짐수레에, 또는 바위가 있으면 거기에 묶어서 고정한 뒤에 타고 오르내린다. 아빠가 언젠가 사냥꾼들이 다 같이 어떤 깊은 구렁에 고립됐던 얘기를 해 준 적이 있다. 고립된 이유는 기억나지 않지만. 어쩌면 밧줄이 풀렸을지도 모르겠다. 어쨌거나 그들은 꼼짝없이 갇힌 신세가 되었다. 그때만 해도 아빠가 영영 돌아오지 못할 수 있다는 생각이 내게는 너무 터무니없어 보였다. 아빠는 천하무적이었으니까. "그래서? 어떻게 나왔는데, 아빠?" 사냥꾼들은 돌을 깼다. 깨고 또 깨고, 절벽에 조금씩 홈을 파 나갔다. 그들은 번갈아 작업을 한 끝에 드디어 길고 긴 계단을 만들어 빠져나왔다.

나는 혼자고, 장비라곤 하나도 없다.

나한테는 터무니없는 일이다.

칼이 완성됐다. 뾰족해진 칼끝으로 손잡이용 나뭇가지에 구멍을 파고 그 안에 칼날을 끼워 넣었다. 그런 다음 가는 끈을 손잡이 전체에 친친 감았다.

꽤 훌륭한 솜씨다. 변변한 기술도 없이 만든 것치고는.

이것이 내 최초의 칼이다.

내가 직접 만든 칼. 야영지 사람들이 어떻게 생각하든 나는 이 칼을 가질 자격이 충분하다.

샘가에서 몸을 숙이고 보면 머리카락이 눈을 완전히 덮는다. 트위다가, 그러니까 사람 트위다가 나를 다시 만날 때 어떤 표정을 지을까! 약이 올라서 방방 뛰겠지, 하하!

'나를 다시 만날 때.'

그때. 만날 때.

나를 다시 만날 때.

만나면, 이 아니라.

만날 때.

오늘 밤에는 솔라 꿈을 꾸었다.

솔라가 트위다와 결혼했다. 야영지에 있는 트위다 말고. 다리 여덟 개 달린 우리 트위다, 눈망울 트위다하고.

랑시엔이 예식을 진행했고, 아빠도 거기 있었다. 예관을 쓴 두 젊은 연인의 머리 위로 하늘에서 빗방울이 떨어져 내렸다.

서약이 공표됐을 때 트위다가 솔라의 손바닥 위로 기어올라 갔고, 그 가늘고 각진 다리로 팔을 타고 다시 올라가더니, 집게 입으로 그의 목을 물었다.

랑시엔은 트위다를 막지 않았다. 소리만 질렀다. "살인자야! 살인자야!" 손가락으로는 솔라를 가리키면서.

나는 실의에 빠져 두 손으로 얼굴을 감싸 쥐고 있었다. 사냥꾼들은 복수하려고 트위다를 뒤쫓았다. 트위다는 이제 죽을 터였고, 나는 그 사실을 알았다.

하지만 나는 아무것도 하지 않았다.

내가 다시 고개를 들었을 때, 랑시엔은 나무로 변했고 그의 얼굴이 껍질 속으로 완전히 스며들고 있었다.

나는 땀에 흠뻑 젖어 잠에서 깼다.

구렁은 적막하고 추웠다.

트위다가 구멍 속에 있는지 보려고 어둠을 더듬어 아래로 내려갔다.

그의 눈망울을 보면서 나는 울었다.

아기들이 잘 자란다. 몇몇은 열심히 보살펴 줬는데도 결국 죽어서 너무 미안하다. 아기들의 완전히 쪼그라든 줄기를 보는 건 마음 아픈 일이다.

잘 견디는 아기들의 수가 점점 줄어든다.

그래도 나뭇가지와 잎사귀를 모아다 준 아기들은 건강하다.

덤불도 아기들을 낳았다.

이 작은 세계를 돌보는 일만으로도 몹시 지친다.

나이아가 아기를 낳은 건 이번이 처음일까? 아닐 것이다. 나이아 밑동의 모래를 뒤적여 봤더니 속이 텅 비고 마른 밤색 알갱이들이 나왔다. 나이아는 아기 나무들을 낳으려고 오랫동안 애썼을 테지만, 틀림없이 태양이 다 죽였다.

저녁이다. 단백질 바를 하나 먹고 싶지만, 안 된다. 내일 먹어야 한다. 나는 칼끝으로 나무 껍질을, 그러니까 두꺼운 껍질 전체가 아니라 나이아가 피를 흘리지 않게 겉 부분만 살짝 도려낸다. 나는 도려낸 껍질을 한참 동안 바라본다. 그리고 입안에 넣는다.

“미안해, 나이아. 나 배가 너무 고파.”

처음에는 아무 느낌도 나지 않는다. 그러더니 곧 입 안 가득

낯선 맛이 퍼진다. 따끔하고 정신이 번쩍 드는 따귀 같은 맛이랄까. 조금 쓰지만 나쁘진 않다.

이제 독이 퍼져서 죽을지 어떨지 기다려 보기만 하면 된다.

나는 죽지 않았다. 그렇지만 껍질을 조심해야 한다는 걸 배웠다. 처음 맛본 날에는 다 괜찮았다. 오히려 조금 덜 피곤하기까지 했다. 그래서 아기들에게 물도 많이 줬다.

둘째 날에도 괜찮았다.

셋째 날에는 껍질을 아침에 한 번, 점심에 한 번, 저녁에 한 번 먹었다.

그날 한밤중에, 나는 배가 너무 아파서 부리나케 내려가야만 했다.

그러고는 아침에 늦게까지 푹 잤다. 그리고 기운을 차리기 위해 단백질 바를 하나 먹었다. 이제 열네 개 남았다.

나무 껍질은 조금씩 먹으면 나쁘지 않지만, 끼니로 삼을 수는 없다. 하지만 아프던 잇몸이 멀쩡해졌다. 나이아가 낫게 한 게 분명하다.

랑시엔 말이 맞았다. 나이아는 치료하는 힘이 있다.

랑시엔도, 야영지도 생각하고 싶지 않다. 엄마는 더더욱.

이제 나는 우리 부족 노래를 부르지 않는다. 다 잊고 싶다.

차라리 모르는 편이 더 낫다. 예전에 내 삶에 어떤 좋은 것들이 있었는지.

내가 무얼 잃어버렸는지.

이제 나무 껍질 한 조각을 아침으로 먹는다. 나이아에게는 항상 고마움을 표시한다. 나이아가 피를 흘리지 않게끔 늘 끄트머리 부분을, 행여나 내가 너무 깊게 베더라도 빨리 아물 수 있게 매번 다른 곳을 살짝 벗겨 내려 노력한다.

아기 나무 하나가 유난히 쑥쑥 자란다. 엄마 나무에서 멀리 떨어져서, 절벽이랑 트위다 동굴과 가까운 곳에 있다. 이 나무에게 폴록이라는 이름을 붙여 주었다. 폴록은 내가 만들어 준 안식처와 아침저녁으로 주는 물을 아주 좋아한다. 엄청 뿌듯하다.

나이아는 대체 어떻게 살아가는지 모르겠다. 내가 물도 주지 않는데. 더구나 너무너무 커서 주위에 안식처를 파 줄 수도 없고 물을 끌어다 줄 수도 없는데. 어쨌거나 나이아는 그런 것들이 필요하지 않다. 치마처럼 넓게 펼쳐진 뿌리가 있으니까.

나이아는 혼자 힘으로 살아간다.

존경스럽다.

나는 랑시엔의 목소리를 쫓아 버리지만, 그래도 나이아의 뿌리는 분명 저 끈적한 모래 속에서 뭔가를 열심히 찾고 있다…….

나는 아기들에게, 물론 덤불 아기들에게도 꾸준히 물을 부어 준다. 몇몇은 저녁과 아침 사이에 얼마나 많이 자랐는지 눈에 보일 정도다. 내 덕분에 말이다.

내 덕분에 아기들이 잘 살고 쑥쑥 자란다.

내 덕분에 구렁이 새롭게 변해 간다.

맞다, 나 때문에 샘물 속의 초록 털과 덤불 잎사귀가 사라졌다. 그렇지만 새 아기들이 생겼다. 이건, 정말이지 굉장한 모험이다.

나중에 엄마에게 이 얘기를 해 주면 엄마가 뭐라고 할지 궁금하다.

나중은 없을 테지만.

미안, 엄마, 미안.

아침이다. 해가 아직 구렁에 드리우지 않아 비몽사몽 잠결에 있는데, 이상한 소리가 바람에 섞여 날아든다. 날카로운 비명과 휘파람 소리. 나는 짚깔개에서 몸을 일으켜, 한 손으로는 옆에 둔 창을 그러쥐고 다른 손으로는 칼을 움켜잡은 채 쿵쾅대는 가슴으로 가만히 기다린다.

사람이 내는 소리는 아니다.

소리가 점점 커지고 가까워 온다. 그리고 한바탕 섬찟한 소란이 구렁 위로 덮쳐 온다.

나는 본능적으로 나이아에게 몸을 바짝 붙이고 무기들을 꽉 움켜쥔다.

소란은 줄어들기는커녕 점점 더 거세진다. 이제 눈을 떠야지 안 되겠다.

나는 숨이 턱 막힌다.

다행히 무기들은 놓치지 않았다. 이게 다 뭔지 모르겠다. 나는 이런 동물들을 한 번도 본 적이 없는데. 아니, 동물에 관해 아는 게 하나도 없다! 구렁에서 지낸 뒤로 이렇게 많은 동물을 보기는 처음이다!

이 동물들은 하늘에서 내려왔다. 내 손바닥만 한 크기인데, 불행을 가져온다고 해서 짓뭉개지는 볼레들처럼 투명한 날개가 달리지는 않았다. 그 대신에 얘들은 크고 색이 선명한 희한한 털로 덮여 있다. 눈은 까만 게 부리부리하고, 얼굴은 뾰족한 것으로 끝난다. 그 뾰족한 것이 빠끔빠끔 열린다. 저건 입이었어! 나이아의 아름드리 가지들 사이로 내려앉자마자 입으로 가지를 콕콕 찔러 댄다.

처음에 나는 이 동물들이 나이아를 공격하는 줄 알고서 쫓아 버리려고 소리를 질렀다. 저리 가, 훠이! 너무 세게 찔러 대면 나이아가 피를 흘릴 텐데, 얘들은 너무 많잖아! 동물들이 날개를 펼치고 공기를 타닥타닥 채더니 위로 날아올랐다. 그런데 다시 자세히 보니 나이아를 아프게 하는 게 아니었다. 미물들을 쪼고 있다!

입을 헤벌린 채 숨을 헐떡이는 애들이 많다. 지쳐 보인다. 만져 보고 싶다.

동물들이 피리 소리처럼 높고 고운 자기네들 언어로 서로를 부르면서 현란하게 떠들어 댄다.

그러더니 별안간, 다 같이 날아올라 훌쩍 떠나 버린다.

나는 밧줄을 타고 뛰어내리다시피 해서 아기 나무들을 요리조리 피해 가며 숨가쁘게 쫓아가지만 덤불 때문에 길이 막힌다. 아! 다들 물을 마시러 온 거였어! 샘 둘레에 모여든 동물들이 작고 뾰족한 입을 물에 담갔다가 다시 고개를 들어 물을 목구멍으로 넘긴다. 몇몇은 샘에 몸을 담그고 요란한 기쁨 속에서 몸을 흔든다.

나한테 새로운 친구들이 생겼다!

새 친구들은 하루 낮과 밤 동안 머물다가 다시 떠났다.

나는 이 동물을 혹시 먹을 수도 있을까 생각해 보았다. 트위다도 같은 생각을 한 게 분명하다. 왜냐하면 이 하늘 동물 하나가 구멍 가까이 갔을 때 트위다가 덮치려고 벼르는 모습이 보였기 때문이다. 그러나 이 손님은 트위다가 덤벼들기 전에 날아올랐다.

나는 창을 던져서 잡아 볼 수도 있었을 것이다. 그럴 수 있었다. 그리고 그다음엔? 털을 먹을까? 전부 다 먹나? 뾰족한 입까지? 만약 독이 든 부위가 있으면 어떡해?

나는 동물을 죽여 본 적이 한 번도 없다. 나를 공격했던 야수조차 못 죽였으니까. 아니, 미물 한 마리 짓이겨 죽인 거랑 또 한 마리 입에 넣고 씹었던 것만 빼고.

배가 고프다. 하지만 동물을 어떻게 먹는지는 모르겠다.

더구나 그 친구들은 너무 지쳐 보였다. 그들도.

그들은 나이아의 무성한 잎사귀 속으로 다시 모여들었고, 해가 저무는 동안 무리를 짓고 앉아 서로서로 옹송그렸다. 그러고는 뾰족한 입을 털에 깊이 묻고 잠을 잤다.

내가 눈을 떴을 때 그들은 다시 떠나는 중이었고, 나는 그들이 하늘로 사라지는 모습을 지켜보았다. 무척이나 아름답고, 자유롭고, 활기차게, 그들은 그토록 쉽게 빠져나갔다! 나는 이렇게 무겁게 땅에 붙어 있는데!

그들은 어디로 가는 걸까? 기나긴 여행을 하고 있을까? 그렇다면 나이아가 여기 있다는 걸 알고 찾아왔나? 아니면 우연히 발견했나?

그들의 재잘거림과 노랫소리는 생기와 활력으로 가득했다.

구렁에는 다시 완벽하게 적막이 제자리를 찾았다.

나도 트위다처럼, 하늘 동물들처럼 구렁에서 나갈 수 있으면 좋겠다. 어쩌면 밖으로, 사막의 평지 위로 나가기만 하면 모래 속에서 사냥꾼들의 흔적을, 표식을, 집으로 돌아가는 길을 찾을지도 모르는데.

나도 나이아 같다. 여기에서 꼼짝을 하지 못한다.

열두 끼 남았다.

폴록은 내 발목까지 자랐다. 줄기 맨 위에 싱싱한 잎사귀들이 돋아났다. 줄기가 너무 가늘어서 좀 웃기다. 이 가냘픈 줄기가 어떻게 나이아가 되는 걸까? 그렇지만 이것이 나이아가 성장하는 방식이다.

나이아는 몇 살쯤 됐을까? 저렇게 키가 크고 둘레가 넓은데.

십 년도 넘었을 거야, 확실해.

백 년이 넘었을지도 모르지.

어쩌면 그보다도 더.

나이아는 옛날 세상도 경험했다.

나이아가 말을 할 줄 알고 내가 그 말을 이해할 수 있다면, 그러면 옛날 세상에 대해 이런저런 이야기를 들어 볼 텐데.

오늘 저녁, 잠을 자는데 배가 너무 꾸르륵거리고 위가 찢어질 것 같아서 나는 나이아에게 꼭 매달렸다.

나이아는 뿌리로 치마를 짠다.

아기를 낳고, 태양이 너무 뜨거워서 아기들을 잃는다.

물을 마시고 피를 흘린다.

나이아는 꼭 우리 엄마 같다.

기운이 점점 떨어진다.

나이아의 껍질마저 더는 소용이 없다.

이제 모든 아기들에게 물을 가져다주는 것도 포기했다.

폴록만 빼고. 폴록에게는 계속 물을 준다. 그리고 얘기도 한다. 폴록에게 트위다를 소개하고, 트위다가 내 목숨을 어떻게 구했는지 들려주었다. 물론 트위다의 생김새도 자세히 묘사해 주었다. 나무는 눈이 없으니까. 뭐, 귀도 없는 것 같긴 하지만, 그건 중요하지 않다. 또 두개골 얘기도 해 주었다.

나는 폴록에게 잘 견뎌 달라고, 잘 자라 달라고 간청한다.

폴록은 자기 엄마를 버리면 안 되니까.

나처럼 하면 안 되니까.

일곱 끼 남았다.

보름 뒤면 더는 먹을 게 없을 것이다.

온종일 나이아 곁에서 시간을 보낸다.

내 허벅지가 너무 무르고 가늘다.

폴록에게는 꾸준히 물을 준다.

가냘픈 몸 위로 잎이 돋은 작은 머리가 하늘을 향해 조금씩 자라나는 모습을 보면 정말 감동스럽다.

절벽을 기어오르는 건 불가능하다. 길이 전혀 없다.

더 이상 희망도 없다.

나는 어둠 속을 더듬는다. 달이 하늘에서 밝은 빛줄기를 내려보내지만, 내 짚깔개는 나이아의 무성한 가지와 잎사귀에 가려 캄캄하다.

손으로 창을 그러쥔다. 칼은 허리에 묶여 있다.

나는 내 높은 둥지에서 몸을 내밀고 땅을 두리번거리며 나를 깨운 낯선 소리의 정체를 찾는다.

야영지 나팔 소리와 비슷하지만 물론 그 소리는 아니다. 나팔은 길게 울부짖으며 무엇을 예고한다. 그런데 이 휘파람 같은 선율은 저음이면서 섬세하고, 절벽을 타고 반향을 일으켜 구렁을 쓰다듬듯 가득 메운다. 소리가 멈췄다가 다시 이어진다.

밤 속으로 녹아드는 소리, 본래 어둠에 속한 소리다.

뭔가를 부르고 있다.

나는 몸을 낮추고 눈을 크게 뜬다. 가늘고 푸르스름한 빛이 구렁에 감돈다.

먼저, 소리가 들린다.

탁 탁 탁 탁 탁 탁 탁.

처음에 나는 트위다가 또 은신처에서 나가는 줄 알았다.

그러나 트위다는 저기 있다. 그의 별스러운 실루엣이 심지어 구멍 밖으로 절반쯤 나와 있다.

트위다는 몸이 굳은 듯 미동도 하지 않는다.

또 다른 트위다가 온다.

노래를 부르는 건 저 새로운 트위다다.

그가 발을 높이, 나의 트위다보다 더 높이 쳐든다.

공격하려는 걸까?

그 순간 나는 트위다를 도우러 내려가야겠다고 생각한다. 경쟁자가 그의 영역을 빼앗으려는 거라면 내 뾰족한 막대기를 휘둘러서 도와줄 수 있을 테니까.

그런데 노랫소리가 나를 붙잡는다.

뭔가 **말**을 하려고 신호를 보내는 듯하다.

빼앗으려는 게 아니라.

내 각진 친구도 공격하려는 자세가 아니다.

듣고 있다.

그럼 나도 들어야지.

새 트위다가 천천히, 보폭을 크게 과장하면서 다가간다.

그러더니 약간 뒤로 물러났다 다시 앞으로 나서는 식으로 제자리를 오간다. 두 다리를 번쩍 들어 올렸다가 내리고, 다시 올렸다가 내리고. 계속 되풀이.

이제 조금씩 앞으로 나아간다.

거의 나이아 아래까지 왔다.

새 트위다는 계속 노래를 부르면서 옆으로 이동하다가 멈춘다. 그의 날카로운 노랫소리가 별이 총총한 하늘로 올라간다.

이제 그는 보일 듯 말 듯 희한한 동작을 선보인다. 분명하다. 새 트위다는 춤을 추고 있다.

갑자기, 내 친구 트위다가 앞으로 다가간다.

창백한 달빛 속에서 그의 동작이 선명하게 드러난다.

내 친구도 다리를 바늘처럼 들어 올린다. 그러고는 찾아온 손님을 향해 어정쩡하게, 잠깐은 머뭇거리다가 잠깐은 대범하게, 조금씩 다가간다.

멈춘다.

다시 다가간다.

거대한 하늘의 차갑고 맑은 빛이 그의 작은 몸에 비친다.

새 트위다와 마주 섰을 때, 내 친구는 호기심 가득한 눈빛으로 그의 동작을 좇는다.

그러더니 서서히 리듬을 타고, 이제 내 친구 트위다가 춤을 춘다.

적막한 구렁 속에서, 마치 돌멩이 하나하나가 듣고 있는 것처럼 두 트위다의 목소리가 어우러져 서로의 만남을 노래하고, 둘의 다리가 천 년도 더 된 태고의 춤에 빠져든다. 그리고 내 심장이 두근두근 뛴다. 둘의 실루엣이 별안간 하나로 합쳐지더니, 두 트위다는 영혼의 짝이 되고 생생하게 몸을 떨며 전율한다.

두 트위다는 한밤에 함께 노래하고, 함께 춤을 추고, 나는 솔라를 생각한다. 나도 얼마나 그와 함께 춤을 추고 싶은지, 얼마나 그와 함께 노래하고 싶은지. 세상을 바꾸는, 세상을 은빛 꿈으로 변신시키는 달빛 아래서.

두 트위다가 동굴 속으로 사라진다.
나는 눈물을 닦고 나이아에게 꼭 매달려 다시 잠을 청한다.

다른 트위다는 떠났다. 내 친구 트위다는 도로 혼자가 됐다.
나처럼.

그저께 단백질 바를 하나 먹었다.
이제 세 개 남았다.
백 번도 넘게, 천 번도 넘게, 절벽을 올라가려 해 보았다.

태양이 하늘 높이 걸리고 자신이 지배자임을 온 세상에 증명한다.
나는 폴록에게 물을 주며 눈물을 흘린다.
폴록이 살았으면 좋겠다.

심장이 뛴다. 나는 살아 있다. 이 무한한 세계 속에서 이토록 조그마하게.
무섭지만, 나는 그만 단념한다.

이제 아빠를 만날 거야.

바람에 목소리들이 실려온다.

목소리들이 절벽을 타고 울린다.

낮고 희미한 목소리들.

나는 한숨을 내쉰다.

나는 나이아를 꼭 끌어안는다.

이 목소리들…….

알아, 이 목소리들.

꿈을 꾸나 보다.

나는 떠나고 있고, 떠나는 건, 꽤 감미롭구나.

몸을 조금 일으켜 귀를 기울인다.

"솔라?"

정적이 나를 할퀴고 지나간다.

나는 짚깔개 위에 웅크리고 앉아 나이아의 가지를 붙잡는다. 머리가 핑그르르 돈다.

"솔라아아!"

목소리들이 다시 바람에 실려 온다.

"소올라아아아아!"

나는 밧줄에 매달린 채 땅으로 미끄러져 떨어져 비틀비틀

걷는다. 이글거리는 태양이 눈을 찌른다.

"소올라아아아아아아아아아!"

"사마아?! 칼로? 젠장, 칼로, 빨리 와 봐요!"

더는 버틸 힘이 없어, 나는 태양 아래 그대로 주저앉는다. 눈꺼풀이 감긴다.

"금방 갈게, 사마아!"

어수선한 소음, 고함 소리. 사람들이 서로 얘기를 주고받고 내게도 말을 건네지만, 나는 귀가 웅웅거려 알아들을 수가 없다. 숨을 들이쉬고, 내쉬고, 뜨거운 모래를 만진다. 한 움큼 모아 쥐지만 모래는 손가락 사이로 스르르 빠져나간다. 다시 모아 쥔다.

손 하나가 내 어깨 위에 얹히고 다른 손 하나가 내 몸을 일으킨다.

솔라가 여기 있다. 솔라가 나를 부둥켜안는다.

"사마아……. 그런데 어떻게……. 사마아! 여기서 뭐 하고 있어? 아니, 네가 어떻게 여기 있어?! 세상에, 너무 말랐잖아……."

칼로가 도착한다. 내게 젤리 물을 내밀지만 나는 고개를 젓는다. 사람들이 하나둘씩 다가와 나를 절벽 아래 그늘로 옮기고, 솔라는 내게 먹을 것을 내민다. 나는 단백질 바를 하나 먹어 치우고 두 개째를 먹는다.

귀가 더는 웅웅거리지 않고, 눈의 초점이 맞는다.

사방에서 소리가, 살아 있는 사람들의 소리가 들린다.

우리 부족 사람들.

"여기서……, 어떻게……. 좀 괜찮아?" 솔라가 빙긋 웃는다.

믿기지가 않는다. 사람들이 여기에, **내** 구렁 안에 있다는 말도 안 되는 상황에 정신이 멍해지고 다시 졸음이 몰려온다.

칼로가 내 앞에 쭈그리고 앉는다.

"이런 고집쟁이, 이런 고집쟁이를 봤나! 우리를 쫓아왔구나, 그렇지?"

나는 고개를 끄덕인다.

"그런데 길을 잃은 거고! 우리가 귀환하는 경로를 바꿨기에 망정이지! 이건 아주 천운이야, **천운**!"

나는 고개를 숙이고 세 번째 단백질 바를 먹어 치운다.

"여기에 있은 지 얼마나 됐니?" 칼로가 계속 추궁한다.

"세다가 잊어버렸어요. 넉 달쯤인가? 더 됐으려나?"

"넉 달이라고?! 야영지에 도착하려면 아직도 보름은 더 걸어야 하는데!"

사람들이 큰 소리로 웅성거리고 멀리서 외쳐 부르는 소리도 들린다. 밧줄 여러 개가 절벽을 타고 철벅철벅 떨어지고, 사냥꾼들이 더 내려와 껄껄 웃는다.

"어떻게 그렇게 오랫동안 버텼니?"

"식량을 챙겨 왔어요. 그늘도 있고요."

"게다가 나무도 찾았잖아!"

"네, 그리고 샘도요."

"샘이라고? 이보게들, 샘이 있다네!"

나는 다시 먹는다.

사람들이 여기 있다.

나는 죽지 않을 것이다.

나는-죽지-않을-것이다.

엄마를 다시 만날 거야.

아빠의 칼도 물려받고.

사람들에게 내 것을 보여 줘야지, 내가 만든 칼.

나는 사냥꾼들을 더 자세히 살펴본다.

많이들 지쳐 보인다.

"일은 잘됐어?"

솔라가 고개를 가로젓는다.

"부지런히 걸었지만 너무 늦게 도착했어. 구렁이 이미 털렸더라고. 빈손으로 돌아가는 중이었어……."

"이젠 아니지!" 칼로가 일어서면서 소리치고, 나는 가슴이 쿵쾅거린다. "다들 서두르게! 식량이 빠듯한데 군입이 하나 더 늘었잖아. 엄살 피울 시간이 없어!"

칼로가 반쯤 돌아선다. 나는 간신히 몸을 일으키고는 손을 뻗어 그의 팔을 붙잡는다.

"나이아를 죽이려는 건 아니죠?"

칼로는 무슨 말인지 이해하지 못하고 내 얼굴을 빤히 들여다본다. 검게 그을린 그의 얼굴에 이내 커다란 미소가 떠오른다.

"사마아, 네가 우리를 구했어! 우린 이 나무를 잘라 갈 거고, 그러면 적어도 다섯 달은 야영지에 머무르면서 다음 이주를 준비할 수 있을 거다. 네가 없었다면 우리는 이런 구렁이 있는 줄도 몰랐겠지! 네 아빠가 살아 있었다면 말을 안 들었다고 혼꾸멍냈겠지만, 장담하건대 너를 정말 자랑스러워했을 거야."

불현듯 트위다의 굴 앞에 사냥꾼들이 모여 있는 모습이 눈에 들어온다.

트위다는 밖으로 절반쯤 나와서 몸을 세운 채 앞발을 허우적거리지만 빠져나갈 틈이 없고, 앞으로 나섰다 뒤로 물러섰다 앞으로 나서기를 되풀이하다가 결국 구멍 안쪽으로 피신한다.

남자들은 흥분해서 술렁이고, 나는 두 주먹을 부르쥔 채 칼로를 밀쳐 낸다. 내 눈앞의 광경을 도무지 믿고 싶지 않지만 꿈을 꾸는 게 아니니까 있는 힘껏 달린다. 남자들이 죽은 나뭇가지를 모아다가 트위다의 동굴에 쑤셔 넣는다. 그들은 재미있어하고, "웩웩!"거리면서 멀어졌다가 다시 괴성을 지르며 돌격해서는 반쯤 쭈그려 앉아 또 그의 은신처를 쑤석거리는데, 번쩍하는 순간, 나는 그들 틈에 끼어 시시덕거리는 아빠의 실루엣을 본다. 토할 것 같다.

나는 모래 위에서 미끄러져 손바닥이 까지고, 그만해요, 다시 일어서다가 내 두건에 발이 걸리고, 솔라가 따라와 나를 꽉 붙잡지만 나는 단숨에 빠져나와 구멍 앞까지 달려가서, 그만 하라고요, 쭈그려 앉은 한 사냥꾼의 등을 냅다 걷어찬 다음, 앞으로 고꾸라진 그를 다시 밀쳐 낸 뒤 구멍 앞에 버티고 선다.

"트위다를 가만 내버려 둬요!"

남자들이 더 크게 웃음을 터뜨린다.

"누구라고? 저 괴상한 동물 말이냐? 너도 저거 봤어?"

나는 칼을 꺼내 든다.

"누구든 트위다를 건드리면, 내가 죽여요."

한바탕 웃음이 터지고, 솔라가 내 앞으로 다가와 인상을 찌푸리지만, 나는 그가 무슨 생각을 하든 알 바 아니다.

"물러서!"

그가 꼼짝하지 않는다.

"다들 물러서요!"

나는 숨을 가다듬고, 솔라는 앞으로 더 다가온다. 그래서 나는 칼을 쥔 손을 활 모양으로 휘둘러 그의 팔 아래쪽을 깊이 벤다.

칼로가 그의 뒤에 서 있다.

"사마아!"

"물러서요!"

눈물과 땀이 내 시야를 흐린 사이, 다른 사냥꾼들은 이미 연

장들을 꺼내 들었고 소름 끼치는 소리가 구렁 안에 울려 퍼진다. 소리는 절벽에 부딪혔다가 되돌아오고, 잔혹한 웃음소리 같은 메아리가 내 귀를 찢는다.

그들이 나이아의 허리에 도끼를 휘둘렀다.

"멈춰요!"

나이아를 도우러 가고 싶지만 남자들이 길을 막고 있고, 또 여기에는 트위다가 있다.

"그만하면 됐다, 사마아!" 칼로가 앞으로 나서면서 나를 꾸짖는다.

나는 그에게 와락 덤벼들고, 그는 내 칼을 피하고서 당황한 얼굴로 뒤로 물러선다.

내가 감히.

내가 감히 대장 사냥꾼에게 덤볐다. 내가, 어린 여자애가.

길이 트이고, 아연해진 남자들이 저만치 거리를 유지하는 사이, 내가 소리친다.

"나와! 트위다, 나와! **어서!**"

그리고 마치 내 말을 알아듣기라도 한 듯 트위다가 굴에서 튀어나와 재빨리 절벽 위로 몸을 던진다.

나는 돌칼을 꽉 움켜쥔 채 트위다를 바라본다.

그의 배 쪽에 반투명한 작은 주머니가 달려 있다.

트위다도 아기들을 기다리는 중이다, 트위다도.

사냥꾼들이 탄성을 질러 대며 술렁거리고, 그중 한 명이 돌을 주워 팔을 들어 올리고, 나는 그에게 칼을 집어 던진다. 온 힘을 다해서.

"빨리, 트위다, 빨리!"

칼이 남자의 어깨로 날아가 꽂히고 그가 비명을 지르는 사이, 칼로가 욕설을 퍼부으며 나를 덮쳐 와 내 두 팔을 등 뒤로 꺾는다.

"앤 미쳤어. **단단히 미쳤다고!"**

꺾인 팔이 아프지만 그런 건 아무 상관이 없고, 나는 몸부림을 치며 고개를 비틀어 트위다를 본다. 트위다가 절벽을 오른다. 크고 민첩한 발로 절벽 위를 달리고, 그 주위로 돌들이 날아가 부서지지만 트위다는 계속 올라가고, 달아나고, 어서, 트위다, 도망쳐, 빨리, 빨리, 이제 거의 다 왔어, 돌팔매 하나가 바로 옆을 스쳐 잠깐 기우뚱하지만 이내 균형을 되찾아 다시 기어오른다, 몇 센티미터만, 그렇지, 트위다는 사막 속으로 사라진다.

카라반은 구렁 반대편에 세워져 있다.

트위다는 살았다.

"나이아를 건드리지 마요! 나이아가 없었다면 난 죽었을 거예요! 제발! 나이아를 살려 주세요!" 나는 울음을 터뜨린다.

나는 바닥에 쓰러지고, 무슨 일이 일어나는지 보고 싶지도 듣고 싶지도 않아, 이글거리는 모래 위에 몸을 웅크린다.

트위다는 떠났지만, 나이아는 달아날 수가 없다.

도끼들이 나이아의 거대한 몸통을 일정한 리듬으로 후려친다. **척, 척, 척.**

구렁은 메아리를 울리며 도움을 요청하지만, 내가 할 수 있는 일이 없다. 남자 네 명이 나이아 둘레에 서 있고, 도끼 소리가 울릴 때마다 내 몸이 찢어진다.

"칼로, 당신도 안다면 이렇게는 안 할 거예요. 당신도 안다면……."

그는 내 팔을 등 뒤로 꺾어 둔 채 억세게 옥죄고, 고통이 점점 심해진다. 이 상태가 이어졌다면 내 어깨가 부러졌겠지만, 솔라가 눈치를 챘는지 이렇게 말한다.

"가서 사람들을 도와줘요, 칼로. 내가 교대할게요. 걱정 마요, **내가 교대할게요.**"

압박이 느슨해지고, 내가 몸을 일으키려 하자 솔라가 나를 막는다.

"그만둬, 사마아. 사냥꾼들도 더는 못 참아."

"솔라……. 저 사람들을 막아." 내가 중얼거렸다. "제발 부탁이야, 저 사람들을 막아."

그는 아무 말도 하지 않는다.

나는 고개를 든다.

나이아의 몸이 갈라지고, 벌어지고, 우지끈 소리를 내고, 결국 단념한다. 나이아가 피를 흘린다. 나이아는 내가 필요해, 나이아가 죽어 가고 있어, 내게 안식처를 줬던 나이아, 내가 돌봐 준 아기들의 엄마 나이아, 내게 자기 껍질을 내준 것도, 커다란 품으로 나를 보듬어 준 것도 나이아인데, 살아남기 위해 그토록 오랜 세월 동안 깊은 구렁 바닥에서 혼자 싸워 온 것도 나이아인데.

지금 죽어 가고 있다, 내 부족 사람들 손에. 그런데 나는 나이아를 위해서 할 수 있는 일이 아무것도 없다.

미안해, 나이아.

"나이아가 누구야?" 솔라가 중얼거린다.

나이아를 쓰러뜨릴 때까지 한 시간이 넘게 걸린다.

도끼가 몸통을 깊이 파 들어가 벌어지게 한 뒤, 이제 남자들이 매달려서 떠밀고 지지누른다.

나이아가 완전히 꺾인다.

나이아가 느릿느릿 넘어가고, 항복하듯이 쓰러지고, 땅바닥에 부딪히는 순간, 구렁 전체가 구슬피 신음한다.

내가 알지 못하는 어떤 목소리가 내 깊은 곳에서 빠져나와 하늘로 올라간다.

솔라가 나를 품에 꼭 안는다.

나는 걷는다.

태양이 나를 태운다.

사막이 나를 집어삼킨다.

바위를 만날 때마다, 나는 내 칼로 표식을 새긴다.

나만의 표식.

나는 내 배낭을 꼭 끌어안는다.

그 안에 작은 알갱이로 가득한 주머니들이 들어 있다.

나이아의 아이들.

눈이 멀어 버릴 듯 강렬한 햇살 아래 온종일 행군한 뒤, 저녁이 되면 남자들은 여정을 멈추고 불을 피운다. 그들은 불가에 둥그렇게 앉아 요기를 한다.

나는 그들과 멀찍이 떨어져 혼자 자리를 잡는다.

나이아의 잔해가 수레 여러 대에 실려 있다.

칼로도, 솔라나 다른 사냥꾼들도 미워하고 싶지는 않다.

오히려 부족 사람들을 만난 걸 기뻐해야 할 것이다.

그러나 그들의 무지가 나이아를 죽였다. 나이아는 조그만 볼레들을 먹여 살렸고, 조그만 볼레들은 하늘 동물들을 먹여 살렸다. 나이아는 트위다 그리고 샘과도 공생했다. 나이아는 강했고 한없이 약했다.

나는 분노가 들끓어 잠을 이루지 못하고 담요 아래에서 뒤척인다. 솔라가 내게 자기 담요를 빌려주고 그는 자기 아빠와 같이 잔다. 나는 주먹을 움켜쥐었다가 폈다가 다시 움켜쥐며

도통 잠을 이루지 못한다.

우리 아빠도 수많은 나무를 죽였다.

아빠는 동료들과 같이 걸어서 수백 년 된 나무들을 쓰러뜨리고 구렁에 흐르는 샘을 약탈했다. 어쩌면 동물들을, 트위다들을 괴롭히면서 사람들과 낄낄댔을 것이다. 어느 쪽이 더 괴로운지 모르겠다. 나이아의 잘린 몸이 내 바로 옆 수레에 쌓여 있는 건지, 아니면 아빠도 다른 남자들만큼 멍청했다는 사실인지.

트위다가 다리와 눈이 많이 달린 예쁜 아기들을 잔뜩 낳았으면, 자기 동굴로 돌아갔으면 좋겠다.

그런데 나이아 없이도 거기서 살 수 있을까?

폴록은?

샘은 이제 말라 버릴까?

나는 별이 총총한 하늘을 향해 돌아눕는다. 이 하늘 아래 다른 나이아들도 살고 있을까? 아니면 사람들이 모두 베어 버렸을까?

만약 내가 마법을 부릴 수 있다면, 그래서 땅을 만들고, 하늘을 만들고, 우리가 살아갈 곳을 창조할 수 있다면, 그렇다면 나는 나이아가, 샘과 트위다가 가득한 세상을 만들고 싶다.

이것이 내가 바라는 세상이다.

나도 모르게 **탁 탁 탁 탁 탁 탁 탁**, 익숙해진 소리를 기다린다. 잎사귀들이 쉴 새 없이 살랑대는 소리도.

그러나 사막은 죽었다.

죽어서 입을 다물어 버렸다.

이글거리는 모래 위를 걷느라 발에서 피가 난다. 솔라가 자기 샌들을 빌려준다. 나한테는 너무 크지만 적어도 발바닥은 보호할 수 있다. 나는 어기적대며 걷고, 자꾸 뒤처진다. 사냥꾼들이 나를 자꾸 기다려야 한다고 투덜거린다. 나는 속도를 높인다.

오늘 저녁, 구렁을 떠난 지 며칠 만에 처음으로 솔라가 불가를 떠나 내 곁에 앉는다.

"우리 쪽으로 와."

"그럴 수 없어."

"난 이해가 안 돼……."

"안 되는 게 당연해. 하지만 너도 나처럼 나이아의 품 안에서 살았다면, 너도 나이아의 아이들이 자라는 모습을 봤다면 이해할 거야."

"그렇지만 목재가 우릴 살리잖아!"

"아니. 나무가 살려, 솔라. 나무가 땅을 바꾸고 물을 끌어와. 동물이 그 그늘 아래에 살고 나무에서 영양분을 얻어. 어떤 동물은 거기에 쉬러 오고, 거기에 몸을 숨겨. 나무가 있어야 세상이 풍요로워. 없으면, 황량하지. 나는 이 모든 걸 알게 됐어. 랑시엔이 옳았던 거야. 너도 꼭 알게 되면 좋겠어."

솔라가 나를 빤히 바라본다.

한순간, 놀리는 표정이, 내가 아주 잘 아는 그 표정이 그의 미소를 슬쩍 비튼다. 하지만 그는 얼른 미소를 감춘다. 왜냐하면 내가 우니까, 왜냐하면 뭔가가 변했다는 걸 아니까.

나는 변했다.

"노력해 볼게, 사마아. 약속해. 그러니까 설명해 봐."

나는 남자들 뒤에서 걷는다. 사막 공기가 코끝을 불사른다. 너무 뜨거워서 숨도 쉬어지지 않고, 폐 안으로 아무것도 들어오지 않는 기분이다.

나는 나이아 몸통의 단면들을 뚫어져라 응시한다.

나는 솔라 몫의 식량을 나눠 먹고, 그의 샌들을 빌려 신는다.

저녁이 되어 그가 요기를 마치고 내게로 오면 나는 그에게 시원한 그늘과, 잎사귀들의 살랑거림과, 부지런히 일하는 조그만 볼레들 그리고 그들이 주고받는 고갯짓 인사와, 샘물 속에서 다시 태어나던 내 몸과, 샘물 바닥에서 자라던 초록 털들과, **트위다가 나누던 사랑**과, 두개골 이야기를 해 준다.

그는 귀 기울여 듣는다.

며칠이 지난 뒤, 그는 이제 불가에서 저녁을 먹지 않는다. 내 옆에서 단백질 바를 질겅대며 재촉한다.

"또. 또 얘기해 줘."

야영지에 가까워질수록 나는 점점 더 두려워진다.

랑시엔이 죽었으면 어쩌지?

랑시엔 없이 나 혼자서는 아무것도 못 할 것이다.

이따금 나는 나이아의 잔해에 다가가 몸을 기울이고 가만히 느껴 본다. 그의 냄새를.

그의 피가 말랐다.

나는 그의 피 냄새를 깊이 들이마신다.

도착이다.

검은 천막들이 사막의 붉은 황톳빛 모래 위에 서 있다.

난생처음, 나는 몇 달 동안 긴 원정을 떠났던 사냥꾼들의 시선으로 천막들을 본다. 나팔이 내 귀를 찢을 듯 울리고, 남자들이 기쁨으로 술렁거린다.

내 머릿속에는 한 가지 생각밖에 없다.

나는 옆으로 방향을 튼다.

"사마아!" 칼로가 외친다.

나는 집게손가락으로 뮈르파 쪽을 가리킨다.

그가 잠시 주저하더니 고개를 끄덕인다. 나는 대열에서 빠져나와 대각선 방향으로 힘껏 달린다. 심장이 쿵쾅거린다.

"사마아!" 나를 부르는 소리가 들리고, 나는 엄마 목소리를 알아듣지만, 엄마를 사랑하고 엄마가 너무 보고 싶었지만, 하지만 나는 랑시엔의 천막 쪽으로 내처 달린다.

그 앞에 도착했을 때, 나는 벌겋게 달아올라 숨이 턱까지 차오른다. 다리가 후들거린다.

"사마아!"

엄마가 쫓아온다. 나처럼 죽을 듯이 달려서 엄마가 도착하고, 나는 그 품으로 뛰어들어 엄마 뺨에, 목에, 어깨에 얼굴을 파묻으며 꼭 끌어안는다.

"미안해, 엄마."

"내가 돌아올 거라고 했잖니."

카랑카랑한 랑시엔의 목소리에 나는 엄마에게서 떨어지고,

그쪽으로 몸을 돌려 그녀의 맑은 두 눈을 본다.

랑시엔이 살아 있다.

그녀가 천막 입구에 드리운 천을 걷어 올리고 옆으로 비켜서서 나를 들여보낸다. 엄마가 우리를 따라 들어온다.

랑시엔이 새 짚깔개를 깔았다.

그녀가 살아 있어서 얼마나 다행인지!

나는 그녀 앞에 앉고, 엄마도 내 옆에 앉아 길게 자란 내 머리카락을 손으로 쓸어 넘긴다.

"그래서?" 랑시엔이 말한다.

나는 내 앞에 배낭을 놓고 손으로 안을 뒤져 나이아의 아이들을 바닥에 내려놓는다. 랑시엔이 하나를 집어 들어 유심히 살핀다.

"씨앗들이구나." 그녀가 말한다.

나는 맞다고 한다.

그렇지, 씨앗이지.

"씨앗이 나무가 되게 하려면 어떻게 해야 하는지 알아요." 내가 대답한다.

엄마가 나를 쓰다듬던 동작을 멈춘다.

그러고는 나를 뚫어지게 바라본다.

곧 엄마가 내 손을 잡고, 내 손바닥에 맞닿은 엄마의 손바닥이 나를 믿는다고, 나를 사랑한다고 말한다.

그래서 나는 싱긋 웃고, 두 사람에게 이야기를 들려준다.

모인 사람들은 조용히 듣는다.

소녀은 큰책을 덮으면서 손을 바르르 떤다.

깨알 같은 글씨들이 섬세하게 적힌 마른 잎사귀들이 부서질 듯 약하다. 잉크도 여기저기 지워져 있다.

소녀이 큰책에 손을 댈 수 있고 읽을 수도 있었던 것은 이 행사가 10년마다 한 번씩 열리기 때문이다.

운이 좋은 셈이다.

소녀 옆에 있던 여자가, 그러니까 사마아의 후손이 앞으로 나온다. 여자는 짧은 머리를 하고 있다.

그녀는 바위에 남겨 둔 표식들 덕분에 사마아가 어떻게 랑시엔과 엄마를 이끌고 구렁으로 돌아갔는지 설명한다.

어떻게 셋이 함께 나이아의 아이들을 심었는지.

어떻게 다른 사람들도, 이를테면 솔라, 긴 머리 트위다, 일부 여자들 그리고 그와른을 포함한 몇몇 남자들도 사마아 일행에 합류했는지.

어떻게 그들이 텅 빈 구렁마다 샅샅이 뒤지고 다니며 씨앗들을 찾아 모았는지, 또 어떻게 최초의 나무들을 지키기 위해 싸우면서 장벽을 쌓고, 함정을 파고, 무기를 들고, 때로 죽이기까지 했는지. 어떻게 많은 이들이 사냥꾼과 도시 부자들에게서 숲을 지키기 위해 죽어 갔는지.

어떻게 곳곳에 다른 숲들도 조성됐는지.

소년이 열심히 듣는다.

그는 사마아를 생각한다.

그는 이제 젤리 물도, 산소통도 사용하지 않는다.

그는 큰책에 나오는 새, 거미, 개미 그리고 뱀이 어떤 동물인지 알게 되었다. 하이에나와 날쥐도 알았다. 다른 유목민들이 보물처럼 간직하는 책들을 읽은 덕분이다.

그는 손님들과 같이 줄을 서서 폴록에게 인사하고 그의 거대한 몸통에 알록달록한 천을 묶을 차례를 기다린다.

숲 덕분에 구렁과 그 주위에 사람들도 많이 늘어났다. 이제 숲은 끝이 보이지 않을 정도로 넓게 퍼졌다.

미지근한 바람이 비밀을 속삭이는 잎사귀들을 간질인다.

동물들도 돌아왔다.

샘도 곳곳에 생겼다.

소년은 자기 차례가 되어 폴록 앞에 서서, 사마아에게, 나이아에게, 눈망울 트위다에게 그리고 기억을 간직하고 있던 랑시엔에게 고마움을 전한다.

그는 이들을 위해 폴록의 가지에 가느다란 끈 하나를 매단다. 그러고는 친구들과 놀기 위해 고사리를 뛰어넘고 뿌리와 새싹과 덤불을 폴짝폴짝 타 넘으며 달려가고, 그러는 동안 어른들은 담소를 나눈다.

그의 오두막은 아카시아 위에 높이 올라앉아 있다.

거기서 소년은 더 튼튼한 사다리를 엮을 수 있을 테고, 웃고, 이야기하고, 마시고, 먹고 그리고 새들의 노랫소리를 들으며 잠들 것이다.

작가의 말

오래전, 요르단에서 살았다. 요르단에는 영화 〈아라비아의 로렌스〉의 무대인 와디럼 사막이 드넓게 펼쳐져 있다. 그곳에 사는 사람들은 베두인족이다. 사막은 열기가 이글거리는 무한한 공간이어서, 생명이 살기 어렵다. 그곳에서 두 사람이 우연히 만나는 것은 굉장한 사건이다. 그래서 오다가다 만나는 베두인족 사람들은 서로 아이들 소식이며 건강이며 온갖 안부를 챙겨 묻는다. 천 년도 더 된 의례다.

그런데 이런 의례를 치르기 전에 그들은 서로 인사한다.

"한 가족이고 한 평원입니다."

왜냐하면 이것이 만나는 상대에게 하는 약속이기 때문이다.

여기에서 여러분은 한 가족으로 맞이해 주는 환대를 발견할 것이고, 여러분의 동물을 품어 주는 한 평원을 발견할 것이다.

이런 인사말로 베두인족은 이방인도 환영해 주고, 그 이방인이 척박한 땅에서 잘 지낼 수 있게 도움을 베푼다.

이 표현은 생명이 더 취약할 수밖에 없는 세계 속에서 그 여린 생명들이 서로서로 맺고 있는 관계를 상징한다.

감사의 말

내가 모든 것에 자신이 없어졌을 때 용기를 북돋워 준 록산 에두아르, 이 이야기를 쓰게끔 나를 떠밀어 준 벤, 값진 조언을 해 준 셀린 비알에게 감사하고, 셀린 드앤을 비롯해 엘렌, 마린, 브리지트, 아엘리스, 다비드, 로랑스 그리고 플라마리온 청소년 문학 팀의 다른 모든 구성원에게 감사하다.

원고를 먼저 읽고 의견을 제시해 준 오딜과 바푸에게도 감사하다. 그들의 의견 덕분에 이 책의 최종 원고가 더욱 원숙해졌다.

《사막의 나무들Les Arbres des déserts–Enjeux et promesses》(악트쉬드 출판사, 2013)을 출간해 준 두 저자, 에두아르 르 플록과 제임스 애런슨에게 감사하다.

세상이 탐욕과 어리석음 탓에 아름다움을 잃어버린 황폐한 사막으로 변해 버리는 것을 막기 위해, 예전처럼 눈부시고 풍요롭고 다양하고 생명이 어울려 사는 장소가 되게 하기 위해 싸우는 모든 단체와 시민 조직에 감사하다. 특별히 LPO(조류 보호 연맹), ASPAS(야생 동물 보호 협회), 원보이스(One Voice: 동물권과 생명 존중을 위해 싸우는 비폭력 운동 단체), 우리는 개양귀비를 원한다(Nous voulons des coquelicots: 모든 종류의 살충제 사용 금지를 위한 비영리 자원 활동 단체), 멸종 저항(Extinction Rebellion: 기후 변화에 저항하는 국제적 운동 단체), 청소년 기후 행동(Youth for Climate: 기후 정의와 생물종 다양성을 위해 싸우는 국제 청소년 운동 단체), 시셰퍼드(Sea Sheperd: 바다 생태계 보호를 위한 국제 비영리 조직), WWF(세계 자연 기금), 그린피스(Green Peace: 환경 보호와 세계 평화 증진을 위한 비정부 기구), 블룸(Bloom: 바다 생태계 보호를 위한 비영리 기구), 폴리니스(Pollinis: 야생 및 사육 벌 보호를 위한 독립 비영리 기구), 페뤼(Ferus: 프랑스에 서식하는 곰·늑대·스라소니 보호를 위한 운동 단체)에 감사하다. 또한 전 세계 곳곳에서 생명 보호 운동을 펼치는 크고 작은 지역 운동 단체들에 감사하다.

내게 자신감을 불어넣어 준 오렐리앵에게 감사하다.

마지막으로, 스테판과 마티아스, 오렐리앵이 여기 있어 주어 감사하다.